Juletane

Myriam WARNER-VIEYRA

Juletane

PRÉSENCE AFRICAINE
25 bis, rue des Ecoles, 75005 Paris
64, rue Carnot - Dakar

© Editions Présence Africaine, 1982

ISBN 2-7087-599-7

A mes trois hommes :
Paulin, Nanou, Stéphane.
A ma fille Célia, dont les préoc-
cupations mathématiques, sont si
éloignées de ma plume délirante.

« *Rien n'est plus éloigné d'un rêve qu'un mari.* »

Baronne GARAT

Un déménagement vaut un incendie, dit-on. Ce n'est pas tout à fait exact. Après l'un, on élague, avec la possibilité de faire un choix et de découvrir des objets longtemps oubliés, qui peuvent se révéler d'un intérêt beaucoup plus considérable qu'on ne l'avait jugé des années plus tôt. Après l'autre, ce qui reste dans la cendre n'est presque jamais utilisable.

Ainsi pourrait penser Hélène Parpin, « une maîtresse femme », qui jusqu'à ce vendredi soir de février, réglait sa vie comme elle l'entendait, en donnant à son « moi d'abord » une place de choix.

Ce jour-là, Hélène mettait de l'ordre dans ses affaires, afin de préparer le déménagement du studio qu'elle occupait depuis dix ans pour sa nouvelle installation dans un appartement spacieux. Elle avait décidé depuis peu de se marier, dans l'unique but d'avoir un enfant tout à elle. Son futur mari : elle l'aimait bien. Il était plus jeune qu'elle de dix ans, un bel athlète d'un mètre quatre-vingt et de quatre-vingt kilos, doux comme un agneau. Elle le dominait financièrement et intellectuellement. Trop indépendante, elle n'aurait pas pu supporter un mari qui commande, décide, dirige.

Une chemise cartonnée, d'un vert pâli par le temps et la lumière, glissa d'une pile de livres qu'elle se préparait à ranger dans une cantine à moitié pleine. Elle ramassa la chemise. Celle-ci ne portait aucune indication et elle ne se souvenait pas du contenu. Hélène s'assit pour prendre quelques minutes de repos et ouvrit la chemise. Elle feuilleta machinalement un vieux cahier d'écolier tout écorné et quelques feuillets épars qui s'y trouvaient, puis elle commença à lire. Le document noirci d'une écriture irrégulière, au crayon de papier, se présentait sous la forme d'un journal.

***
***

Mardi 22 août 1961, seize heures

Née un vingt-cinq décembre, jour d'allégresse, dans un bourg d'une petite île de la mer des Caraïbes, j'ai de ce fait été conçue une nuit de Carême, dans une période de jeûne et d'abstinence. Contrairement à la croyance qui prédomine, attribuant une influence certaine aux signes du zodiaque du jour de la naissance, dans mon cas, c'est la date de conception qui doit être pour quelque chose dans mes traits de caractère et sur le cours de ma vie. Mon père n'avait pas respecté la coutume, en rendant hommage à sa jeune femme, et me procréa avec toute la malédiction de l'église du bourg. En naissant, j'étais déjà victime des éléments, sans compter trois siècles d'histoire de notre peuple dont mes frêles épaules devaient hériter...

L'idée d'écrire m'est venue ce matin en feuilletant distraitement un cahier inachevé, glissé d'un cartable. Le cahier d'une petite fille qui aurait pu être ma fille, mon enfant. Hélas ! Je n'ai pas d'enfant. Je n'ai ni parents, ni amis. Et même plus de nom. Peu importe, ce n'était qu'un nom d'emprunt et je crains l'avoir oublié. Mon vrai nom, je ne l'ai jamais connu, il a été gommé sur le registre du temps.

Ici, on m'appelle « la folle », cela n'a rien d'original. Que savent-ils de la folie ? Et si les fous n'étaient pas fous ! Si un certain comportement que les gens simples et vulgaires nomment folie, n'étaient que sagesse, reflet de l'hypersensibilité lucide d'une âme pure, droite, précipitée dans un vide affectif réel ou imaginaire ?

Pour moi, je suis la personne la plus clair-

voyante de la maison. Bien que, certains jours
d'amertume, j'enrage d'entendre Ndèye vanter
les prouesses d'alcôve de notre époux. Quelle
vicieuse !

La voici encore aujourd'hui installée avec son
amie Binta, dans la cour, sous ma fenêtre et,
pour être sûres que je ne perde pas une miette
de leur conversation, elles parlent en français.

« Ma chère Binta, Mamadou est extraordi-
naire, pas du tout comme ces hommes qui
prennent leur plaisir et vous laissent sur votre
faim. Il a même la délicatesse de s'informer de
ma pleine satisfaction... »

Et voilà « la Binta » qui a tout d'une frustrée,
dans sa crise de fou rire pleine de « hi !hi !hi ! »
hypocrites. J'ouvre brusquement mes volets. Un
des battants emporte la perruque de Binta,
figeant son rire après un « couic ! » d'étonnement et laissant voir ses cheveux ternes, sales,
bouchonnés en petits tas qui n'ont pas vu un
peigne depuis plusieurs mois. Ndèye en profite
pour égrener son chapelet d'injures habituelles à
mon endroit. Binta replace sans honte cet
enchevêtrement de crin noir qu'elle porte sur la
tête en guise de cheveux. Toute sa personne
respire le négligé. Les ongles, longs et sales, sont
recouverts d'un rouge écaillé aussi vif que la
crasse noire que l'on aperçoit dessous. Les
chaussures maculées de graisse laissent déborder, par-devant, les orteils aux ongles incarnés

parsemés d'un vernis qui fut, semble-t-il, de la même couleur que celui des mains ; par-derrière, des talons fendillés, comme la terre en période de sécheresse. Son boubou d'étoffe chatoyante et les bijoux qu'elle porte, seraient plus à leur place dans une soirée de gala. Bouffie de graisse, elle a cependant un beau visage, avec des traits réguliers et un regard doux. Elle enlève de sa bouche son *soccu* qu'elle frottait de temps en temps, comme par fantaisie, sur ses dents déjà propres, pour lancer un long jet de salive par la fente des incisives. Je lui fais pitié. Cela se voit à son air tout attendri. Elle me sourit. Du moins, je le pense.

Al menos (?)

Prise par le sujet et comme envoûtée, Hélène alla s'installer confortablement dans un fauteuil pour continuer sa lecture. Il est minuit. Son sommeil attendra. Pourquoi la curiosité de lire ce journal ne s'était-elle pas fait sentir plus tôt ? Quelle impardonnable négligence ! Une très mauvaise habitude contractée depuis un certain temps de reporter de jour en jour la lecture d'un document qu'elle croyait ennuyeux. Ainsi avait-elle totalement oublié ce cahier. Quand on le lui

avait donné, elle avait pensé que c'était un récit
complètement décousu, une histoire de fou.
Après deux pages, elle constatait que le texte
l'intéressait et qu'elle éprouvait une grande envie
de le lire jusqu'au bout. Encore une fois, elle était
victime de ses préjugés.

« Il va falloir que je change, que j'apprenne à
faire confiance aux autres, à mon futur époux
surtout », pensait Hélène. Elle se gratta la tête,
enleva une épingle à cheveux qui lui martyrisait le
cuir chevelu, puis reprit sa lecture au point où elle
l'avait suspendue.

Ndèye bave de rage et n'arrête pas de faire de
grands gestes dans ma direction, faisant clique-
ter ses multiples bracelets d'or, une des nombreuses causes de notre manque d'argent chronique depuis deux ans.

La haine qu'elle me porte est évidente, mais
ne s'explique pas... Je l'observe, sans
comprendre ce qu'elle dit, trop occupée à suivre
mes propres idées. Moins jolie que son amie,
avec un nez aplati et une bouche trop grande,
 elle est plus soignée ; ses tresses sont régulièrement refaites, elle prend chaque jour d'intermi-

nables bains avec toutes sortes d'ingrédients douteux donnés par le marabout, afin d'attacher définitivement notre époux à son lit. Sans compter tous les parfums d'Orient et d'Occident qu'elle incorpore dans le *cuuraay* [1] qu'elle utilise pour sa chambre et ses vêtements. Son vernis à ongles n'a guère l'occasion de s'écailler, car même le verre d'eau qu'elle désire boire doit lui être servi ; elle n'hésite pas à appeler la bonne, occupée par le ménage, pour lui demander de lui apporter de l'eau, alors qu'elle est simplement assise sans rien faire, si ce n'est contempler ses formes alourdies, étalées dans son lit, ou débordant d'une chaise. Quand elle va dans la cuisine, c'est pour préparer un plat spécialement pour Mamadou, le soir, sur une cuisinière à gaz, tandis que le riz de midi cuit sur un réchaud à charbon de bois reste le travail exclusif d'Awa, la première épouse, ou de la jeune domestique.

Awa, un peu plus loin, est assise sur une natte, sous le manguier de notre cour. Elle s'amuse avec ses trois enfants en faisant danser Oulimata, la plus jeune. Elle sourit, ignore apparemment ce qui se passe entre Ndèye et moi. Elle ne se mêle jamais de ce qui ne la concerne pas directement. Pour elle, tout l'univers s'arrête à une natte sous un arbre et trois enfants autour.

1. Voir le glossaire en fin d'ouvrage.

Il fait une chaleur moite, épouvantable. On sent l'orage dans l'air. Je referme doucement mes volets, en réponse au courroux de Ndèye et je retrouve avec plaisir la pénombre de ma chambre.

Mon lit : un sommier de fer, bon marché ; en guise de matelas, une paillasse que j'ai beau tourner et retourner chaque jour, et qui garde malgré cela la forme de mon corps, m'oblige à me coucher toujours bien au milieu, dans le creux que forment les ressorts mal tendus. A portée de la main, deux caisses vides de whisky me servent de table de chevet. A gauche de mon lit, une petite armoire qui garde mes trésors, plus riches de souvenirs que de valeur réelle. J'espère qu'on ne me l'enlèvera pas, comme la table que Mamadou a prise d'autorité pour remplacer celle de la cuisine que les termites avaient rongée...

J'ai subtilisé un cahier de Diary, la fille aînée d'Awa. C'était la seule façon pour moi de disposer d'un support de réflexion. Il n'avait que deux pages utilisées. Ecrire écourtera mes longues heures de découragement, me cramponnera à une activité et me procurera un ami, un confident, en tout cas je l'espère...

Comment suis-je descendue dans ce puits de misère, où gît mon corps depuis quelques années, alors que mon âme rebelle se consume en d'inutiles révoltes, qui me laissent toujours plus brisée, plus vaincue ? Je pense avoir essayé d'en sortir ; je garde encore au bout des doigts le souvenir de la glaise lisse des parois, que mes mains ont triturée en cherchant, jusqu'à l'ivresse de l'épuisement, quelque chose de solide à quoi m'agripper. Il semble que je n'aie rien trouvé et qu'avec le temps je me sois habituée à vivre une demi-vie.

*
**

C'était avant le puits, il y a quatre ou cinq ans peut-être. Je ne sais plus. J'avais rencontré mon époux, ou plutôt notre époux, Mamadou, le soir d'une garden-party à la Cité Universitaire de Paris. Je me trouvais là, un peu pour faire plaisir à une amie. Contrairement aux autres filles de mon âge et de mon pays, je n'aimais pas et ne savais pas danser. Même la biguine, je la maltraitais, au grand dam de tous ceux pour qui cette «danse divine» était vie. Mamadou le remarqua. Il me trouvait drôle. «Une négresse qui danse comme un manche à balai.»

— Dites ! C'est la première fois que vous dansez ? dit-il avec un large sourire moqueur.

— Cela vous dérange ? répondis-je, vexée, haussant les épaules et lui tournant résolument le dos.

Il me prit alors d'autorité les mains.

— Allez, ne faites pas la tête, venez, je vais vous apprendre à danser.

Guidée par Mamadou, je ne m'en tirai pas trop mal. Il me fit danser deux ou trois fois. Nous nous quittâmes sans prendre rendez-vous. Sans penser nous revoir.

Quelques jours plus tard, en remontant le boulevard Saint-Michel, je sentis une présence à mes côtés.

— Le hasard fait bien les choses, dit une voix.

C'était Mamadou qui venait de me parler.

— Tiens, je ne pensais pas vous revoir si tôt, répliquai-je.

— Moi, si.

— Vraiment ?...

— Vraiment. Allons boire un café ensemble pour fêter l'événement, dit-il, en m'entraînant.

J'aurais pu refuser, car habituellement je n'acceptais pas les invitations impromptues, à cause de l'éducation bourgeoise que j'avais reçue. J'acquiesçai pourtant, car il me plaisait déjà.

Mamadou était très grand, il avait une petite moustache, un sourire « ultra mobile », des dents blanches, bien plantées, des yeux pleins de vie, malicieux. Sa désinvolture, loin de me choquer, m'amusait. On aurait cru qu'il me voyait pour la première fois. Il me scrutait sans pudeur, des pieds à la tête. Mes camarades me trouvaient jolie, c'était peut-être vrai. Je n'en savais rien. J'espérais que l'examen attentif de Mamadou serait positif. J'avais un visage ovale et bien dessiné, le corps bien proportionné pour une taille moyenne. Ma chevelure, longue et abondante, était entre le crépu et le pas trop frisé. Je me coiffais en faisant une natte de chaque côté de la tête que je repliais ensuite en forme de macaron sur les oreilles. Aux dires de certains, cette coiffure me donnait l'air d'une ingénue comme il n'en existait plus guère.

J'étais une ingénue, oui, ignorante et sotte, élevée par sa marraine, une vieille fille bigote. Depuis sa mort, un an plus tôt, je découvrais le monde. J'avais, ce mois de juillet, troqué ma tenue sombre et sévère pour des petites robes d'été, légères et décolletées. Je n'osais tout de même pas encore changer ma coiffure, ni surtout, couper mes cheveux ; ce qui aurait été un véritable sacrilège. Ma marraine aurait été capable de venir me tirer par les pieds, la nuit. Elle m'en avait menacée de son vivant. Ignorant tout du pouvoir des morts, je préférais ne pas provoquer leur courroux. Aussi, je me contentais d'admirer les coiffures à la mode, cheveux courts et permanentés.

Après le café bu au « Select », Mamadou m'invita à dîner pour le lendemain. Les heures furent si longues jusque-là... La petite chambre que j'occupais, au sixième étage d'un immeuble

vieillot du quartier des Halles, m'apparut pour
la première fois dans toute sa laideur. L'été, sec,
bien chaud avec un merveilleux soleil, dansait
dans les rues. Ma chambre, au contraire, restait
humide, sombre, chargée d'ennui.

J'ouvris le vasistas qui me servait de fenêtre.
Il était percé à même le toit. Je ne pouvais voir
que le ciel, le mur gris taché de plaques vertes
d'humidité et l'inclinaison du toit d'ardoise de
l'immeuble voisin. Quelques cheminées en bri-
ques rouges rompaient l'uniformité de la couleur
de l'ardoise. J'étais bien seule ; je ne savais où
aller pour échanger quelques idées, de simples
banalités, qui meublent le temps. Toutes mes
amies avaient quitté Paris pour les vacances.
Quant à moi, j'étais trop « fauchée », après
l'achat de mes robes d'été ; et il me fallait aussi
prévoir un nouveau manteau pour cet hiver. Je
me mis au lit rapidement, sans manger, pour
écourter les heures et rêver du dîner du
lendemain avec Mamadou.

***
***

Il fait trop sombre pour continuer à écrire.
J'ouvre à nouveau mes volets, doucement.
Binta, sa perruque et son amie Ndèye sont

rentrées au salon. Je les entends rire. Elles sont
au stade des civilités et se chargent mutuelle-
ment de bonnes paroles à transmettre à leur
époux. La petite bonne balaie pour la dixième
fois la cour. Dès qu'elle paraît prendre un
instant de repos, s'il n'y a rien à faire, Ndèye lui
demande de balayer. Quand elle a fini, chacun
prend, semble-t-il, plaisir à salir de nouveau.
Les enfants se taquinent sur la natte étalée sous
le manguier, en attendant l'heure du dîner. Awa
est dans la cuisine. On croirait qu'elle se bat
avec ses casseroles, qui s'entrechoquent dans un
vacarme étourdissant. Les enfants, la jeune
domestique, Awa et moi, étions souvent les
seules autour du « bol », au repas du soir. Ndèye
attendait Mamadou qui rentrait fort tard ; elle
lui préparait des petits plats qu'il dégustait en sa
compagnie. Quelquefois, il y avait des invités.
Awa aidait Ndèye, mais restait confinée dans la
cuisine, sans participer aux festivités. Cette
situation ne semblait pas la troubler. Elle
acceptait Mamadou dans sa couche, quand
Ndèye le voulait bien, et lui donnait des enfants.
Que recevait-elle en échange ? Quelques
pagnes, un peu de nourriture, bien peu de
bijoux en comparaison des trésors que possédait
Ndèye. Pourtant, elle aurait mérité beaucoup
plus d'égards de la part de son mari. Elle lui
avait donné des enfants qui faisaient sa fierté,
elle était fine, jolie et d'une discrétion que je ne

pouvais pas m'empêcher d'admirer malgré tout.

Il va bientôt faire nuit. Je n'ai aucune idée de l'heure et je n'ai pas faim… Je vais prendre une douche et me coucher. Je ne peux rien faire d'autre, car l'ampoule électrique de ma chambre est grillée. Pour la changer, il faudra attendre la fin du mois, le salaire du maître et son bon vouloir. Il y a de l'orage dans l'air, pourvu qu'il pleuve.

**
***

Mercredi 23 août 1961, sept heures

J'ouvre mes volets sur la fraîcheur d'un ciel bleu floconneux d'hivernage. La pluie et l'orage ont bercé ma longue nuit d'insomnie, peuplée d'images confuses d'un jadis où j'étais pleine d'espérance. J'aimais alors les nuits de veille, car le sommeil et le rêve s'unissaient harmonieusement à l'aurore. Depuis quelques années, mes matins, succession de longues heures monotones, s'étirent lamentablement. Aujourd'hui, pourtant, je sens, je respire, je vis. Une prière me vient à l'esprit : «Merci, Seigneur, de ce jour nouveau où je me sens renaître, du fond de mon puits de solitude. Je crie vers toi. Montre-moi, je

te prie, le chemin de la vraie liberté. Apaise mon
âme. Apprends-moi à leur pardonner, fais que
je sois pour cette demeure un exemple de
sagesse. Tu l'as dit, je le crois, la folie pour les
hommes est sagesse pour toi. »

La cour est encore déserte un instant, en
attendant l'entrée en scène d'Awa. Le linge
laissé sur la corde a été éparpillé par le vent et
forme de petits tas de couleur mouillés. Le seul
arbre, un manguier touffu, sans fruits, au
feuillage brillant, étend son ombre sur nos actes
quotidiens. Je fais le ménage de ma chambre,
retourne ma paillasse, secoue mes draps, écrase
un cafard, balaie. Je me sens débordante de
vitalité, et reprends mon cahier et le fil de mes
souvenirs, tandis que la maisonnée s'éveille.

*
**

Après avoir diné dans un restaurant chinois
du boulevard Montparnasse, Mamadou et moi
sommes allés au cinéma. J'aurais voulu voir un
de ces films à la mode ; les affiches, en effet,
étalaient une Martine Carole géante à la poitrine
généreuse, ou Gérard Philipe, mon idole.
Mamadou ne me proposa pas de choisir. Un
chef-d'œuvre du septième art japonais passait

dans une petite salle du quartier et il devait absolument le voir. Je n'ai jamais compris de quoi il s'agissait dans ce film. La salle était comble, je n'arrivais pas à lire les sous-titres. Je m'ennuyais à dormir.

Par la suite, aux salles obscures des cinémas, je préférais déambuler sur le «Boul-Mich» ou m'arrêter dans un café pour discuter avec des amis. Nous allions aussi, quelquefois, passer la journée du dimanche chez un couple d'étudiants amis où nous rencontrions d'autres camarades. Les conversations tournaient toujours autour du même sujet, primordial : l'avenir de l'Afrique, l'indépendance. Certains bâtissaient des plans audacieux, formaient des gouvernements, s'attribuaient un portefeuille ministériel, ou un poste d'ambassadeur, de préférence à Paris. Une petite minorité, qui se réduisait d'ailleurs à un seul homme, pensait que l'indépendance serait la ruine de l'Afrique, accentuerait le tribalisme, que la meilleure solution serait une autonomie de gestion des ressources, dans le cadre des lois et structures françaises. Tout ceci était bien théorique pour moi qui ne connaissais pas l'Afrique et très peu mon propre pays d'origine...

J'avais quitté mon île à l'âge de dix ans, après la mort de mes parents, pour aller vivre à Paris, avec ma marraine qui prit très à cœur son rôle. Elle s'appliqua, malgré ses faibles revenus, à me donner une éducation qu'elle pensait devoir faire honneur à mon père. « C'était un homme admirable », disait–elle. Il possédait toutes les vertus.

Mon père, âgé de vingt ans de plus que ma mère, l'avait épousée après un long veuvage. Sa première femme était une sœur de Marraine, elle fut emportée par un raz de marée, lors d'un cyclone, serrant dans ses bras ses deux enfants. Ma marraine s'en tira avec une moitié de fesse en moins, tranchée par une feuille de tôle. Je me demande encore comment la feuille a pu viser si juste...

Marraine parlait moins de ma mère. C'était une adorable jeune femme. Elle mourut des suites de ma naissance à l'âge de dix-neuf ans. Ma grand-mère maternelle prit soin de moi jusqu'à la mort de mon père, quelques années plus tard, puis m'expédia en France. Ma marraine désirait respecter les engagements pris le jour de mon baptême. Je fus dès lors coupée presque totalement de tout lien avec mon île et les jeunes de mon âge.

En dehors des classes, je ne sortais qu'avec ma marraine, le plus souvent pour rendre visite à ses amies qui toutes dépassaient la cinquantaine. Une ou deux fois par an, nous allions assister à un vrai concert. Les concerts « pas-de-loup »[1]. Marraine disait que ce qu'il y avait de

1. Concerts Pasdeloup, du nom d'un chef d'orchestre français.

plus beau au monde, c'était la musique. C'est la seule chose qui peut élever l'âme jusqu'aux cimes inviolées du vrai bonheur d'être. Elle voulut me faire apprendre le violon. Malheureusement, le professeur qu'elle choisit, une vieille artiste décadente et souillon, ne me plaisait pas du tout. Aussi avec beaucoup de diplomatie je réussis à la convaincre que je préférais rester dans la catégorie des mélomanes, qui savent savourer cet art en écoutant les autres. Les dimanches soirs, nous écoutions les retransmissions radiophoniques de concerts d'orchestres philharmoniques des diverses capitales européennes.

Nous vivions dans un deux pièces-cuisine à Paris. Ma marraine avait travaillé durant toute sa vie chez un tailleur du quartier, qui faisait des costumes sur mesure. Mes robes qu'elle cousait gardaient la même sévérité que les costumes bien coupés qu'elle fabriquait à longueur de journée. Hormis la musique, nos conversations se limitaient au monde de la couture et de ses petits potins.

Brevet en poche, quelques jours après avoir commencé à travailler, un soir, je ne trouvai pas Marraine en rentrant à la maison. Elle n'avait pas l'habitude d'être en retard ; elle rentrait toujours à dix-sept heures trente, ayant fait les courses sur le chemin du retour. Au bout d'une demi-heure d'attente, je partis à sa rencontre, fis

tout le trajet d'environ deux kilomètres jusqu'à
l'atelier qui fermait à seize heures trente. Je
retournai chez nous en passant chez le boulanger
et le boucher où elle faisait généralement ses
achats. Personne ne l'avait vue ce soir-là. Une
certaine angoisse m'étreignit alors. Je me sentis
tout d'un coup seule dans un monde hostile. Je
courus jusque chez nous, remontant à toute
vitesse les six étages. Son absence pesait lourd.
Je redescendis chez la concierge pour télépho-
ner. Le commissariat du quartier nous apprit
qu'une femme noire, répondant au signalement
de ma marraine, avait été trouvée morte à la
suite d'un malaise dans la rue. On avait
transporté le cadavre à la morgue. Le lendemain, après une nuit de veille, j'allai avec la
concierge et une amie pour reconnaître le corps.
C'était bien elle. Comme elle travaillait tout
près de notre demeure, elle ne prenait jamais ses
papiers d'identité avec elle, pour ne pas les user
ou risquer de les perdre.

Un mois plus tard, la concierge m'aida à
trouver une chambre de bonne dans le voisinage ; je cédai notre deux-pièces avec une partie
des meubles à l'une de ses parentes. Je m'aper-
çus un peu tard que j'avais été trompée sur la
valeur de la reprise des meubles. Cela ne
m'affecta pas outre mesure car j'avais changé de
décor. Il m'aurait été très pénible de continuer à
vivre dans le petit appartement de Marraine,

chaque objet, chaque meuble me parlant d'elle.
Une nuit, je m'étais réveillée croyant l'avoir
entendu m'appeler. J'avais cru distinguer la
forme d'un corps dans son lit à côté du mien...

Ma vie dans la petite chambre de bonne fut la
continuité de celle que j'avais connue avec ma
marraine ; je travaillais, rentrais directement
m'enfermer avant la nuit. Le dimanche j'allais
rendre visite aux mêmes amies de Marraine,
pour ne pas rompre trop brusquement.

Jusqu'à ma rencontre avec Mamadou, j'avais
donc vécu bien loin de tout écho du monde
colonial. Aussi, indépendance ou autonomie
étaient des mots tout à fait nouveaux pour moi.
Néanmoins, je ne tardai pas à comprendre et à
analyser les faits. Six mois plus tard, je me
sentais parfaitement à l'aise. Je pris position
bien sûr, pour l'indépendance, qui correspon-
dait mieux à mon caractère entier. Tandis que
Mamadou, craignant de perdre un peu de son
confort made in France, se comportait en
autonomiste déclaré. Il affichait un indépendan-
tisme de surface, bien tiède. Il m'avoua d'ailleurs qu'à la fin de ses études, s'il obtenait une
bonne situation, le régime politique lui importe-
rait peu.

Le plus virulent défenseur de l'indépendance,
un condisciple de Mamadou, ayant vu son père
obligé de faire des travaux dégradants, humilié
et frappé par les blancs, gardait à ces derniers

une haine qui le faisait vibrer de rage quand il en parlait. Ce qui du reste ne l'empêchait pas de tenir tendrement par la taille sa petite amie blanche. Très jolie blonde, elle se prénommait Martine. Elle avait rompu avec sa famille, qui ne voulait pas recevoir de nègres, et vivait en extase devant son «homme». Peut-être espérait-elle ainsi, par son amour, obtenir pour ses compatriotes une rémission de leurs crimes.

Durant une année, nous nous retrouvâmes, Mamadou et moi, chaque fin de semaine et pendant les vacances et jours fériés. Mamadou n'était pas très loquace en ce qui concernait notre avenir, ou ses sentiments à mon égard. Je le sentais fier de sortir avec moi. Tous ses amis m'avaient adoptée et n'hésitaient pas à lui faire des compliments sur ma beauté et ma gentillesse. Moi je l'aimais, avec toute la fougue et l'absolu d'un premier et unique amour. Il possédait à mes yeux toutes les vertus. N'ayant pas de parents, peu d'amis, Mamadou devint tout mon univers. J'effectuais durant la semaine, mécaniquement, mon travail en attendant le samedi avec une impatience fébrile. Un soir, à mon grand étonnement, Mamadou vint me chercher à la sortie du bureau, pour m'annoncer sa réussite. Il venait d'obtenir sa licence en droit.

— C'est dans la poche! Plus que quelques mois et je rentre au pays...

— Et moi ? demandai-je, cachant mal mon angoisse.

— Toi aussi, bien sûr... Tu sais que je tiens beaucoup à toi. J'ai toujours peur de passer pour un « toubab », en me lançant dans ce genre de déclaration. Si cela peut te rassurer, je n'ai jamais dit à une autre femme que je l'aimais.

Je fus saisie de bonheur. J'ouvris la bouche, mais aucun son ne sortit. Je vivais un merveilleux rêve, Mamadou m'aimait, m'emmenait vivre dans son pays, en Afrique.

Ensuite, tout se passa très vite. Nous nous mariâmes le premier samedi du mois de septembre de cette année-là, seulement quelques jours avant d'embarquer sur un paquebot pour le retour au pays. Nous emportions un maximum d'objets, un trousseau complet de linge de maison que ma marraine avait mis des années à constituer en vue de mon mariage. Le plus impressionnant se composait d'une quantité de cadeaux destinés aux parents, frères, sœurs, oncles, tantes et cousins, dont le nombre me paraissait tout à la fois étonnant et magnifique, à moi, fille unique, orpheline de surcroît. Nous étions en mer depuis deux jours. Je me sentais heureuse, très heureuse.

Après le dîner, nous allâmes rendre visite à une jeune fille, une compatriote de Mamadou qui rentrait aussi, ses études terminées. N'ayant pas le pied marin, elle gardait le lit depuis notre départ d'Europe. J'avais eu l'occasion de la rencontrer à Paris, mais elle ne faisait pas partie du groupe d'amis de Mamadou, bien qu'elle fût originaire du même village que lui. Nous n'avions jamais échangé plus de mots que ceux nécessaires aux salutations ; elle semblait hostile à mon endroit. Aussi je ne fus pas tellement étonnée de sa conduite pendant notre visite. Elle parla tout le temps leur langue, ignorant ma présence, puis, quand nous prîmes congé, elle dit cette fois en français, s'adressant à Mamadou : « J'espère que tu as prévu de somptueux cadeaux pour Awa. A sa place, je ne t'aurais pas pardonné. »

Mamadou ne répondit pas, visiblement gêné et préoccupé, ce qui aiguisa ma curiosité. Qui était cette Awa ? Je ne cessai de le harceler de mille questions. De guerre lasse, il m'avoua qu'avant de partir faire ses études en France, il avait été marié selon la coutume de son pays avec une cousine, fille aînée d'un de ses oncles maternels et qu'il était père d'une fillette de cinq ans. Il n'eut pas à jouer vraiment un rôle dans ce mariage qui fut l'affaire de la famille.

Je m'attendais à tout, sauf à cela. Que Mamadou eût connu une autre femme avant moi, c'était chose possible ; mais qu'il fût déjà mari et père, cela dépassait mon entendement. Aurais-je été plus choquée s'il m'avait avoué un vol, un crime ? Je ne saurais le dire. Cet aveu

jeta un grand trouble en moi, me désespéra.
J'eus l'impression que le monde n'existait plus,
que toute vie s'était figée autour de moi. Je ne
dis rien. La gorge serrée, je me sentais paralysée
par ce que je venais d'apprendre. Mamadou
continua à parler, il parla longtemps, je ne
saurais dire de quoi. Je n'entendais qu'un vague
bourdonnement. Etait-ce sa voix, ou le bouillon-
nement de mon sang que rythmaient les battements précipités de mon cœur ? Croyant trouver en Mamadou toute la famille qui me
manquait, je ne l'aimais pas seulement comme
un amant, un mari. C'était aussi toute cette
affection filiale débordante en moi que je
reportais sur lui. Une fois de plus je retrouvais
mon angoisse d'orpheline. Perdue, seule au
monde. Mon désarroi était immense.

Lors du décès de mon père, ma grand-mère
m'avait expliqué que père était parti au ciel, car
Dieu avait besoin de lui, homme juste et bon.
J'acceptais l'idée, ignorant tout de la mort. Mon
chagrin fut de courte durée. A la disparition de
ma marraine, ma jeunesse me remplissait d'espoir en l'avenir, ma vie était une aube sereine.
Je travaillais depuis quelques jours, j'attendais
« le prince charmant », aussi je supportais patiemment ma solitude. Mais cette fois, l'avenir
rêvé se transformait en un douloureux présent.
J'avais porté toute ma confiance, mon amour sur
cet homme, lamentablement lâche.

Je lui en voulais moins de posséder une autre femme que de me l'avoir caché.

Revenue de mon mutisme, ma décision fut prise : sitôt arrivée dans son pays, je laisserais Mamadou à sa famille et retournerais en France. Le reste du voyage se déroula péniblement. L'arrivée sur cette terre africaine de mes pères, je l'avais de cent manières imaginée, voici qu'elle se transformait en un cauchemar. Je ne me demandais plus comment j'allais être accueillie par la famille de Mamadou : sûre d'être une intruse, déplacée, déclassée. L'autre femme était avec sa fille, entourée de parents qui l'avaient choisie et qui la protégeaient. Et moi, je serais là, ridiculement seule en face d'eux, moi l'étrangère...

Dix heures

La faim m'oblige à laisser un instant mes souvenirs. Je traverse la cour. Awa, assise sur une natte, sous le manguier, trie le riz en compagnie de Diary. Les deux autres enfants se disputent une mangue avec des mouches vertes. Ndèye n'est pas visible. Se prélasse-t-elle encore au lit, ou bien est-elle partie trainailler Dieu seul sait où ? Des échos arrivés jusqu'à moi, à travers quelques propos tenus sous ma fenêtre, disaient

qu'elle passait une bonne partie de son temps à
rendre visite aux hommes de sa connaissance,
dans des bureaux administratifs, pour leur
demander de l'argent. Elle a toujours besoin
d'argent. Il est évident que la totalité de la solde
de Mamadou ne suffirait pas à entretenir sa cour
de griots, à payer les marabouts charlatans, les
bijoux et les boubous. Que donne-t-elle en
échange ?

La cuisine est encombrée d'ustensiles dont
certains sont posés à même le sol, faute
d'étagères. Je me sers une grande tasse de
« kinkelibah » bien chaud. Plus de pain. Pas de
pain. Y en a-t-il eu ce matin ?... Un rayon de
soleil, de la fenêtre, tire un large trait sur un des
murs, mettant en relief un mélange de crasse, de
fumée, de traces de mains, de moustiques
écrasés ou restés prisonniers de la saleté. Les
toiles d'araignées ne se comptent plus au
plafond. La chappe de ciment qui recouvre le sol
a depuis longtemps perdu sa teinte originelle.
L'évier est ébréché ; le robinet dont la tête a été
remplacée par un clou est fermé par un savant
ficelage, ce qui ne l'empêche pas de laisser
échapper un filet d'eau. Le prix d'un seul
boubou de Ndèye suffirait à transformer cette
cuisine en un lieu fort agréable. Un fascinant
cafard fait le tour de mon pied droit qui reste
immobile. Pourquoi le tuerais-je, puisque cela
ne diminuerait en rien le nombre de ses

congénères ? Il s'enhardit, monte sur mon pied, puis redescend et s'enfuit. J'ai envie de me gratter le dessus du pied, mais je ne le fais pas. J'avale posément, à petites gorgées le liquide brûlant qui descend jusqu'au creux de mon estomac vide et me procure une sensation de bien-être.

Je sens une présence derrière moi, me retourne : c'est Diary. Elle ne dit rien et s'éloigne. Je sais qu'Awa l'a envoyée voir ce que je faisais. Ne suis-je pas folle, pour eux ? C'est naturel. On me surveille. Vexée, je perds toute ma sérénité du matin, laisse tomber la tasse et son contenu, retourne dans ma chambre. J'ai envie de hurler. Pourquoi cette rage subite ? J'agrandis un peu plus un trou mal reprisé de mon drap. Le bruit que fait le tissu en se déchirant me plaît. Aussi je m'applique à déchirer le drap en minuscules morçeaux. Cela m'occupe, m'amuse et apaise ma colère. A midi, l'odeur du riz aux poissons, auquel j'ai dû bien m'adapter, réveille ma faim. Je sors. Autour du « bol », le silence se fait. Je m'installe, mange et regagne ma chambre, m'allonge et m'endors, calmée.

Seize heures

Je me réveille en sueur. La chaleur est à son point culminant. Je vais à la fenêtre pour

reprendre contact avec la maison. Awa tresse les
cheveux de Diary qui est allongée entre ses
jambes. Je baille d'ennui. Je n'ai pas envie
d'écrire pour l'instant. Je reprends mes bouts de
drap et les déchire consciencieusement en tout
petits carrés. Combien de temps ai-je passé à
cela, la tête vide de toute pensée ? Le volume du
tissu ainsi découpé est impressionnant. Je forme
un baluchon en repliant les quatre coins du
deuxième drap, sors et éparpille le tout à travers
la cour.

Je m'attends à des cris, des commentaires et
m'installe à la fenêtre de ma chambre pour jouir
du spectacle. Awa ouvre la bouche en se tenant
la mâchoire d'une main, la hanche de l'autre.
Son regard croise le mien. Elle ne dit rien, son
silence est éloquent, elle pense sûrement que
mon mal empire. J'éclate de rire et referme ma
fenêtre. Ce soir, les souvenirs les plus tristes
m'assaillent. Mes pensées sont horribles et mal
définies. Ma nuit est un long cauchemar, où le
rêve survit au sommeil pour devenir obsession.
Cependant, autour de moi, c'est la joie, la nuit
du « Maouloud ». Mamadou est parti pour une
ville sainte du pays rendre visite au Marabout
avec des amis. Ndèye est, bien sûr, du voyage...

*
**

Hélène allume une cigarette, tire une longue bouffée, avale avec délice la fumée qu'elle rejette par la bouche tout en l'aspirant par le nez en une habile contorsion des lèvres. Une façon très nocive de fumer, elle le sait. Elle se laisse aller, plonge dans une méditation inhabituelle. Jamais elle ne prenait le temps de rêver, ou simplement de penser au passé. Elle réglait toutes choses « chronomètre en main ». Elle était très imprégnée du présent et délibérément tournée vers l'avenir. Ce soir, en lisant ces lignes, des fragments de sa propre vie lui revenaient et la poussaient à faire des comparaisons.

Contrairement à l'auteur de ce journal, elle ne connut pas la solitude dans son jeune âge. Son enfance avait été heureuse, ses parents vivaient encore. Etant la dernière d'une famille de douze enfants, trop menue et maladive pour le travail des champs, les parents l'avaient envoyée dès l'âge de six ans dans la meilleure école de la ville, à huit kilomètres de leur village, une école dirigée par des religieuses. Y étaient admis les enfants légitimes, baptisés, et dont les parents jouissaient d'une bonne réputation. En classe, les enfants blancs occupaient les premières rangées, puis venaient les mulâtres et enfin le dernier banc, tout au fond de la classe, était réservé aux noirs. Hélène se trouvait dans le coin le plus sombre, au bout, contre le mur ; trois autres petites filles noires partageaient le même banc. Elles avaient

*des parents importants socialement, aussi les
soeurs s'occupaient d'elles. Hélène, fille de
paysan, mal « fagotée », restait livrée à elle-même
dans son coin, ce qui ne l'empêcha pas d'apprendre aussi vite que les autres à lire, écrire et
compter, à chanter des rondes enfantines qui
ravissaient son père, parce qu'elles ne ressemblaient pas aux « bels airs » bien laïques des
écoles communales. Hélène ne comprenait rien
aux paroles de ces chants, à cette époque-là, et
aujourd'hui elle se rend compte à quel point ils
étaient débiles. Un air lui revient :*

> « Quand petit Jésus allait à l'école
> Il portait sa croix sur ses deux épaules
> Quand il savait ses leçons
> On lui donnait des bonbons »

*Hélène se revoit encore durant les dernières
récoltes avant son premier départ pour la métro-
pole. Les habitants du village se rendaient
ensemble sur le même domaine pour couper la
canne. Le travail d'Hélène était d'apporter à
boire aux hommes. Elle tenait une bouteille de
rhum et un verre. Sa soeur Rosette, plus forte,
portait un canari de terre rempli d'eau. Elles
allaient d'un coupeur à un autre. Hélène offrait
un verre de rhum qui était bu d'une traite, puis
Rosette donnait un peu d'eau dans une moitié de
calebasse. L'homme se rinçait la bouche et
recrachait l'eau. La joie se lisait sur tous les*

visages, malgré le soleil ; la sueur ruisselait sur les
muscles luisants des hommes. Personne n'avait
l'air de sentir la fatigue ou les piqûres des feuilles
de canne. « Ti Louis » le veinard, le seul installé à
l'ombre, sous un arbre à pain, faisait parler son
tam-tam, lançait de temps en temps un air que
tous reprenaient en chœur. Les femmes atta-
chaient la canne en petits paquets d'environ dix
morçeaux, puis faisaient des tas, qui étaient
ensuite chargés sur les « charettes à bœufs ». Les
charettes quittaient le village très tôt chaque
matin, à trois ou quatre heures, afin d'être parmi
les premiers à l'ouverture de l'usine pour vendre
la canne. Le moment douloureux arrivait avec le
bain du soir. Toutes les morsures des feuilles se
faisaient sentir comme de multiples piqûres sur
lesquelles on versait le contenu d'une bouteille de
rhum.

C'est aussi cette même année qu'Hélène passa
une merveilleuse journée au bord de la mer.
Toute la famille était partie au « Pipirit chantant »
à la queue leu leu derrière la tante Sonia et sa
chaudière de « matoutoucrabe » posée sur la tête.
La mère fermait la marche avec une dame-jeanne
d'eau ; les frères, leur lance-pierres à la main,
prenaient des airs de grands chasseurs, demandant à chacun de baisser la voix pour ne pas faire
fuir le gibier. Rosette portait le panier contenant
les fruits, la bouteille de rhum et de menus objets.
Hélène se souvient aussi du parfum suave des

fleurs de magnolia mélangé à l'odeur envoûtante des frangipaniers. Elle s'amusait à faire des colliers de fleurs tout en trottinant derrière Rosette. Après une bonne heure de marche ils arrivèrent à la plage. Hélène était toujours impressionnée par cette immensité limpide. La journée se passa sans que personne se préoccupât de sa durée. Le soir venu, sur le chemin du retour, la fatigue aidant, les pas se firent lourds, les propos plus rares. Mais les regards gardaient la même lueur de contentement...

On frappe à la porte. Après avoir vérifié l'identité du visiteur par le juda, elle ouvre.

— Bonsoir, Hélène. J'ai vu de la lumière, je passais...

— Bonsoir, Jacques. Tu arrives bien pour m'aider.

— Tu déménages vraiment ?

— Tu vois, je me prépare. Ousmane rentre demain et nous nous marions dans dix jours. J'ai trouvé un appartement de trois pièces dans un petit nid de verdure, en dehors de la ville. Tu viendras souvent nous voir, n'est-ce pas ?

— Oui... Excuse-moi, je dois te dire que je n'approuve pas ton mariage avec Ousmane. Tu as toujours été une fille épatante, mon devoir de vieil ami m'oblige à te dire ce que je pense. Tu en feras ce que tu voudras. Ousmane est très jeune, il *a bien dix ans de moins que toi. Bien sûr, tu ne parais pas ton âge, tu es mieux faite qu'une fille plus jeune. Il est ébloui par ton aisance physique, matérielle et intellectuelle. Pour combien de temps? Dans quatre ou cinq ans, quand ta ménopause se manifestera avec son cortège de malaises, sa flamme pour toi apaisée, sans pour autant t'abandonner, ton argent lui servira à épouser et entretenir une seconde et jeune femme. Tu n'auras que deux solutions : partir blessée dans ton amour, ou accepter de partager. Alors?*

— Tu es drôle quand tu joues les grands frères moralisateurs. Moi, je pense qu'il peut exister une troisième voie, celle de l'entente parfaite.

— Et la famille? Assistante sociale, tu connais bien l'habileté des mères, soeurs, tantes pour glisser une nouvelle épouse vers un fils. L'envahissement de ta maison par une armée de neveux, nièces, cousins, cela ne t'effraie pas?...

— Mon cher Jacques, tu es très gentil. Je vais te mettre à la porte néanmoins, en te remerçiant pour tes bonnes paroles. Si jamais un jour je devais connaître les problèmes que tu viens d'évoquer, je ne manquerais pas de venir pleurer dans tes bras. Aujourd'hui, tu es divorcé, laisse-moi faire mon expérience du mariage... Tchao!

Jacques s'en alla, soulagé d'avoir accompli un devoir sacré. Il aimait bien Hélène et aurait voulu lui éviter une désillusion. Il croyait aux sentiments sincères d'Ousmane. Il savait aussi par expérience qu'avec le temps et les pressions extérieures, Ousmane ne resterait pas fidèle à ses engagements. Malgré le tempérament optimiste d'Hélène, il ressentait une grande peur pour elle.

Hélène referma la porte un peu nerveusement. Elle avait passé en revue toutes les difficultés qu'elle pourrait rencontrer. Et le plus important pour elle était le fait qu'à quarante ans, son envie d'avoir un enfant pouvait se révéler irréalisable. Ousmane nourrissait le même désir. Enfin, on verra bien! Elle balaya d'un haussement d'épaule ces idées et reprit sa lecture.

*
**

Jeudi 24 août 1961, treize heures

Malgré une nuit agitée, je me sens tout à fait bien aujourd'hui. Je suis restée couchée jusqu'à l'heure du déjeuner. Ndèye et Mamadou ne sont pas encore revenus. La radio retransmet le discours du chef du gouvernement, depuis la ville sainte. Je retiens des mots : « Œuvre nationale », « développement », « premier plan quadriennal », etc. Pourquoi Awa met-elle le volume du poste aussi fort? Surtout pour écouter un discours auquel elle ne comprend rien, son français étant resté au stade d'un balbutiement bien peu compréhensible... Je vais fureter au salon, espérant trouver quelque chose à lire. En dehors de la littérature à l'eau de rose de Ndèye, il y a le quotidien national de la veille. Je parcours les aventures de Konan Ndoye « Le Trésor des Mossi », par Buster Diouf. Rien de bien consistant. Je retourne dans ma chambre et prends le cahier posé au milieu du lit. Je l'ouvre et laisse surgir le passé au fil des souvenirs...

Le jour de mon arrivée dans ce pays, rien ne se passa comme je l'avais imaginé. Je ne fus pas mal reçue par la famille, bien au contraire. Dès que nous eûmes mis pied à terre, toute une foule de tantes, cousines, sœurs, et même ma rivale, me prirent la main, m'embrassèrent. Les femmes parlaient toutes à la fois. La langue nationale se mélangeait au français. Une tante me tapotait la joue, me comblant certainement de paroles de bienvenue. Je n'y comprenais goutte et me contentais de sourire. Je perdis Mamadou dans la cohue. Nous nous retrouvâmes trente minutes plus tard. Après une vingtaine de minutes de trajet dans un vieux taxi noir aux sièges durs, nous arrivâmes à la rue trente-trois chez l'oncle Alassane où nous devions habiter. Les femmes me prirent en mains.

Pour un instant je réussis à oublier mes problèmes. Il n'y avait que des sourires autour de moi. Je m'efforçais aussi de sourire à tous. On nous servit des rafraîchissements. Je saluai des dizaines d'enfants de voisins, de parents plus ou moins proches, venus nous souhaiter la bienvenue.

L'Imam du quartier me prit les deux mains, paumes relevées, dit quelques versets du Coran et, à mon grand étonnement, postillonna dans mes mains, que je passai sur mon visage, comme le firent les autres femmes présentes. Environ deux heures après notre arrivée, le repas fut servi : un succulent riz au poisson, arrosé de « diwunor ». Celui que j'avais eu l'occasion de manger chez des amis, à Paris, ne lui ressemblait que de très loin. Je pus tout à loisir détailler ma rivale assise autour du « bol ». Elle disposait les meilleurs morceaux devant moi, me souriait avec tant d'insistance, que je me demandais si c'était par gentillesse ou par moquerie. De toute façon, je décidai une trêve ; d'autant plus qu'ayant refusé la cuillère que l'on me proposa, je devais m'appliquer à former des boulettes de riz que j'introduisais ensuite dans ma bouche, comme les autres. Mon désir de repartir, bien que très fort, je devais pourtant me rendre à l'évidence que ce n'était pas chose simple. En effet, les frais du voyage avaient englouti presque toutes nos économies. Nous avions tout juste assez d'argent pour vivre chichement jusqu'à ce que Mamadou trouve du travail.

Le repas terminé, je pus voir Mamadou seul, dans la petite chambre mise à notre disposition. J'essayai à nouveau, avec le plus grand calme, d'aborder le sujet de notre séparation, car pour moi, elle restait la seule solution valable. Je ne voulais pas d'une moitié de mari, ni enlever à une petite fille son père. Mamadou ne voulut absolument pas accepter mon point de vue.

— Tu fais une montagne d'une chose qui n'en vaut pas la peine... J'ai été contraint d'épouser Awa, parce que la famille l'avait décidé depuis mon plus jeune âge. La seule femme que j'aie choisie, que j'aime, c'est toi... Mon seul souci est de trouver rapidement une situation et un logement. Tout le reste est secondaire.

Cette longue tirade terminée, loin d'être rassurée, je me demandais ce que voulait dire « aimer » pour Mamadou. Je ne pouvais pas comprendre qu'il ait pu épouser une femme simplement pour faire plaisir à sa famille... Je ne voulais pas croire qu'il eût la malhonnêteté de ne pas m'informer avant notre mariage et, aujourd'hui, l'audace de s'étonner que je refuse une situation que je n'avais pas choisie.

Après huit jours d'ambiguïté, l'oncle Alassane, chez qui nous habitions, eut un entretien avec Mamadou et lui signifia les décisions et les souhaits de la famille : on acceptait de grand cœur ma venue, mais en aucun cas une séparation de Mamadou d'avec Awa qui l'avait attendu fidèlement pendant cinq ans. Awa était repartie pour son village natal, chez les parents de Mamadou où elle vivait depuis son mariage. Dès le week-end suivant, Mamadou devra se rendre auprès d'elle. Mamadou m'informa que nous n'avions pas le choix, et que si nous refusions, nous serions rejetés par toute la communauté, qu'il nous serait impossible de rester dans le pays et qu'il n'avait nullement l'intention d'aller vivre ailleurs. Donc il me proposait d'accepter jusqu'à ce qu'il commence à travailler, que nous ayons un logement; alors, il trouverait bien une raison pour rompre avec Awa. En un mot, je devais accepter un mari pendant cinq jours, puisqu'Awa consentait à le recevoir durant les week-ends au village. J'avais l'impression d'être arrivée sur une autre planète, car je ne comprenais plus rien de ce qui m'entourait, de ce qui se disait. Pour moi, un mari était par-dessus tous l'être le plus intime, l'autre soi-même, ce n'était pas une chose qui se prêtait, qui se partageait.

En huit jours, Mamadou devint un autre, un

étranger que je découvrais. Je ne comprenais plus ses réactions. J'étouffais d'angoisse et d'une rage inconnue jusqu'à ce jour. Lui restait très calme, heureux de vivre, d'avoir retrouvé son pays, ses amis. Il discutait dans sa langue pendant des heures, sans aucun égard pour moi. Nous avions à rendre un grand nombre de visites, à des parents, des amis. Quand nous sortions, il me présentait, puis m'oubliait dans un coin, comme une vieille chose, au milieu d'un tas de femmes, souriantes et gentilles, mais qui ne parlaient pas le français. Je le voyais plus loin, volubile avec les hommes. Je ne comprenais pas non plus cette forme de ségrégation où les femmes semblaient n'avoir aucune importance dans la vie de l'homme, sauf au moment de ses plaisirs, ou encore, comme mères des enfants. Elles n'étaient pas les compagnes complices et confidentes. Une ombre de mystère entourait les affaires du mari qui, seul maître, décidait de tout sans jamais s'inquiéter des goûts et désirs des femmes. Les épouses, ignorant les véritables possibilités financières des maris, passaient leur temps à rivaliser entre elles sur le nombre de leurs toilettes et de leurs bijoux, la femme du planton voulant égaler celle du directeur, ce qui créait parfois des situations dramatiques quand un mari se trouvait à la fin d'un mois avec des dettes dépassant largement le montant de sa solde.

Toujours tendue, crispée, je perdis tout appétit. Le succulent riz au poisson, répété chaque midi, n'avait plus la saveur du premier jour. L'odeur me donnait la nausée. Je maigrissais, mes jupes devenues trop larges me donnaient l'allure d'un épouvantail, aussi j'étais déplorable, physiquement et moralement, quand arriva le premier week-end de Mamadou chez Awa. J'essayai d'accepter, me disant que de toute manière tout était fini entre nous; que dès la première occasion, je retournerais en France. Je divorcerais. Ce fut cependant une épreuve au-dessus de mes forces. Je restai enfermée dans notre chambre, sans boire ni manger. Mamadou ne rentra pas le dimanche soir comme prévu, il arriva le lundi à midi, l'air joyeux.

— Awa te salue, les parents aussi, dit-il, tout souriant.

— Tu peux me dispenser de ce genre de commission, répondis-je.

Malgré toutes mes résolutions, je mourais de jalousie; je ne pouvais pas m'empêcher de penser à Mamadou avec une autre femme comme un sacrilège. Lui ma seule richesse, mon bien le plus précieux! En l'épousant, en plus d'un mari, c'était une famille que j'avais retrouvée. Il était devenu ce père disparu si tôt, cet ami dont j'avais rêvé. De moi je ne lui avais jamais rien caché; même ma douleur présente, je n'avais pas la pudeur de la lui dissimuler...

Le deuxième week-end, ma peine fut si vive que je perdis toute notion du temps. Aujourd'hui, je ne me souviens de rien, c'est comme si j'avais été absente de moi-même pendant deux jours.

Le troisième week-end où Mamadou partit rejoindre Awa, son oncle me transporta à l'hôpital. C'est une dépression, une folie véritable, ou des bouffées délirantes selon l'expression du médecin. Je ne sais pas ce qui m'arriva. Je me souviens vaguement d'avoir été prise d'une rage subite de désespoir dans la nuit du dimanche au lundi. Je me mis à tout casser dans la chambre, à me cogner la tête contre les murs. Je ne retrouvai pleinement mes esprits que quatre jours plus tard à l'hôpital. La femme de l'oncle Alassane, la tante Khady, se tenait auprès de moi. Elle m'expliqua tant bien que mal, avec force gestes, les raisons de ma présence dans ces lieux. C'était un jeudi, j'avais vécu dans une semi-inconscience pendant quatre jours, probablement à cause des piqûres faites pour me calmer. Je me sentais bien, ma crise de nerfs m'avait soulagée, la cure de sommeil reposée. Mamadou arriva. Sa présence m'irrita. Je ne pouvais pas comprendre comment l'homme que j'avais aimé, que j'aimais encore, était devenu en si peu de temps cet autre que je découvrais. Pendant une année nous avions vécu ensemble, sans qu'il fît jamais allusion à ce premier foyer qu'il possédait, à cette enfant dont il était le père. Pourquoi ? Ce que je lui reprochais avant tout, c'était de m'avoir caché la vérité, de ne pas prendre ses responsabilités, puis d'attendre que la famille et l'oncle Alassane décident de tout. Quel pauvre bougre ! Ou bien est-ce moi qui manquais de logique ? J'étais surprise par le comportement des gens qui m'entouraient. La terre elle-même semblait se dérober sous mes pas, je me débattais dans un monde irrationnel et étranger.

Je me demande si c'est une bonne chose d'avoir commencé ce journal, d'essayer de me ressouvenir d'un passé plus chargé de peines que de joies, de m'arrêter sur un présent fait d'ennuis, de solitude sur fond de désespérance et aussi d'une impression encore mal définie, où les regrets et les ressentiments ont fait place au fil des ans à l'habitude, à l'acceptation d'une vie végétative. Réveiller tout cela, n'est-ce pas taquiner un fauve endormi ?

Les rires et la désagréable voix rauque de Ndèye me replongent dans la réalité de la maison. Elle rentre de leur visite au Marabout, ainsi que Mamadou et deux collègues avec qui ils ont voyagé. Ils sont au salon. J'entends le cliquetis des verres que Ndèye sort du buffet. Malgré les difficultés financières du ménage, il y a toujours de quoi acheter la bière, boisson favorite de Ndèye, et le whisky de Mamadou. Les deux collègues de Mamadou ne partiront qu'après avoir vidé la bouteille de Scotch. Ndèye, pour une fois très astucieusement, partage une bouteille neuve en deux ou trois parties et ne leur présente jamais une bouteille pleine, connaissant les bonnes habitudes de ces deux-là. Ils viennent pourtant de fêter le « Maouloud » dans le recueillement et les récits du saint Coran. Ils sont apparemment de bons musulmans ; chez eux, il n'y a pas d'alcool, pour ne pas choquer la famille, et puis c'est plus économique de boire chez les autres. Mamadou, étant plus franc en ce domaine, achète son whisky et le boit ouvertement chez lui. Chez ses parents, je le soupçonne de la même hypocrisie. Oui, tout n'est que façade, le plus important est de paraître riche, généreux, sobre, bon musulman, franc, bon époux. Alors qu'on est « fauché », égoïste, alcoolique, menteur, qu'on ne se soucie jamais des enfants et des épouses délaissées. Seule compte la toute dernière, l'écervelée que l'on dit femme évoluée, que l'on couvre de bijoux.

Des bribes de leur conversation me parviennent. Mamadou dit qu'il envisage d'aller en France passer son prochain congé avec Ndèye qui a très envie de connaître Paris. Les commentaires des autres m'échappent. Je me demande quand même où il compte trouver l'argent nécessaire pour ce voyage. Moi, je ne rêve plus de Paris ou d'ailleurs. J'ai définitivement enterré tout ce qui se passe en dehors de cette maison. Ma vie se déroule dans une chambre de cinq pas sur quatre et sous le manguier de la cour où je prend mes repas. Le poste braille à nouveau les informations de vingt heures. Je laisse mon journal pour mon lit. Pas de douche ni de dîner tant que les visiteurs sont dans la maison. Je ne me souviens pas que Mamadou m'ait demandé cela. Je pense l'avoir décidé de moi-même, sauf en ce qui concerne les amies de Ndèye qui viennent s'installer dans la cour sous ma fenêtre, et qui me dérangent par leur bavardage. Aussi je fais tout pour les scandaliser.

***

Plus Hélène avançait dans sa lecture, plus elle se sentait attirée vers cette femme. Elle percevait sa souffrance et leur différence de caractère. Elle était sûre qu'elle n'aimerait jamais un homme au point d'en perdre la raison. Son aventure à Paris, à vingt ans, avait été un véritable vaccin, qui l'immunisait parfaitement contre l'amour.

Elle avait à cette époque, cru aux doux sentiments d'un compatriote. Il lui avait demandé officiellement de l'épouser. Ils avaient tous deux échangé des lettres avec les familles respectives. Les parents avaient organisé un grand repas de fiançailles au pays en leur honneur. Hélène était en deuxième année de l'école des assistantes sociales de Paris, et lui, Hector, en troisième année de médecine. Ils avaient convenu d'attendre encore deux ans pour se marier, laps de temps qui aurait permis à Hélène de terminer ses études et de travailler une année afin de gagner un peu d'argent pour leur installation. Les deux années passèrent vite et sans problème particulier.

A deux mois de la date convenue pour la célébration de leur union, Hector avait envoyé son meilleur ami annoncer à Hélène qu'il s'était marié la veille avec une Française enceinte de ses oeuvres. Il n'avait pas voulu lui en parler pour éviter une scène pénible pour tous les deux. Il avait eu le culot, pour couronner le tout, de faire dire que son mariage était une question d'honneur et qu'il lui gardait son amour.

Hélène s'était efforcée de rester digne en face de l'ami, de ne pas pleurer, de garder la tête haute. Un regard plein de mépris. « L'hypocrite petit nègre complexé qui pense prendre un passeport de réussite en épousant une femme blanche! Rester fiancé pendant deux ans, avec une amie d'enfance, n'est-ce pas un engagement d'honneur? », pensait-elle.

L'ami d'Hector parti, Hélène s'était enfermée deux jours avec sa douleur, avait pleuré, gémi, maudi Hector, laissant libre cours à sa déconvenue. Puis s'étant ressaisie, sa décision fut prise. Une femme pouvait bien vivre seule. Elle s'était jurée de ne plus jamais souffrir à cause d'un homme. Elle avait fait un feu de joie dans son lavabo avec les lettres et photos d'Hector et enrobé son coeur d'un bloc de glace. Elle avait sollicité un poste pour servir outre-mer. Depuis, elle avait travaillé dans plusieurs pays d'Afrique. Elle s'était appliquée à se venger d'Hector sur tous les hommes qu'elle avait connus. Elle se servait d'eux pendant quelques temps, puis dès qu'ils semblaient s'attacher, elle les abandonnait sans aucune explication. Elle avait accepté l'idée d'épouser Ousmane, parce qu'elle voulait un enfant, et selon ses vieux principes, elle préférait que cet enfant naisse dans un foyer légitime. Une chose est certaine, elle n'admettrait aucun écart de la part d'Ousmane.

Hélène alluma une nouvelle cigarette. Elle avait commencé à fumer pour se donner une allure émancipée et libre, puis y avait pris goût. Elle fumait maintenant deux paquets par jour.

Elle projetait de s'arrêter un de ces jours, c'est la seule concession qu'elle ferait à Ousmane qui ne fumait pas. Elle alla dans la cuisine se servir un doigt de Scotch sur deux glaçons. Ses parents avaient été scandalisés lors de ses dernières vacances, il y avait trois ans, parce qu'elle préférait le whisky à leurs petits punchs parfumés.

Elle avait revu Hector pour la première fois depuis leur rupture; il était installé au pays et possédait un cabinet médical qui marchait bien. Elle avait accepté une invitation à dîner chez lui, par curiosité, pour voir le genre de femme qu'il lui avait préférée. Il l'avait présentée comme une amie d'enfance, sans faire allusion à leur relation passée.

L'épouse d'Hector était une petite blonde, boulotte, fanée, fagotée d'une façon inimaginable, sans attrait, qui paraissait bien plus vieille que son âge. Elle ne travaillait pas, s'occupait de son intérieur et de sa demi-douzaine d'enfants. Elle gloussait sans cesse après ses rejetons, qui étaient particulièrement remuants et mal élevés.

Hector, en raccompagnant Hélène, lui avait dit combien il regrettait de ne l'avoir pas épousée. Sa vie était, paraît-il, un enfer. Hélène avait éclaté de rire. Non, elle avait son bloc de glace autour du cœur et vraiment Hector ne pouvait pas l'émouvoir. Elle lui avait parlé de sa vie libre et agréable en Afrique, sans obligations. Puis, par jeu, elle *l'avait excité ; il l'avait prise dans la voiture, sur la plage. Elle l'avait retenu habilement jusqu'au petit matin pour faire enrager sa bonne femme, et laissé tout penaud, vidé. Elle avait accepté l'invitation de le revoir quelques jours plus tard, mais ne s'était pas rendue au rendez-vous. Jusqu'à son départ de l'île, elle ne l'avait plus revu.*

Hélène, toute souriante à l'évocation de ce tour joué à Hector, alla s'allonger tout habillée, son verre à portée de la main, et se replongea dans la lecture du journal de sa jeune compatriote.

*
**

Vendredi 25 août 1961, sept heures

Comme chaque matin, mon premier geste est d'ouvrir ma fenêtre, de scruter le ciel à travers les branches du manguier, d'épier le réveil de la maisonnée. Il fait chaud et les mouches sont déjà en activité. J'ai le corps moite. Hier soir je me suis endormie avant le départ des visiteurs, je n'ai pas pu me doucher. Aussi, ce matin j'y cours avant que quelqu'un d'autre n'arrive avant moi. L'eau est fraîche sur ma peau, c'est comme une douce caresse. Je me sens bien, je m'oublie,

je m'endors, rêve de source, de cascade. Je me
retrouve dans mon île, encore toute jeune au
bord d'un ruisseau limpide; je trempe mes pieds
dans l'eau, ma fatigue s'envole au contact de
cette fraîcheur. Mon cœur se gonfle de bonheur.
C'est la première fois, depuis que je suis ici, que
je pense à mon pays d'origine ; les souvenirs qui
me viennent habituellement sont liés à ma vie en
France.

De grands coups à la porte, accompagnés des
gentillesses habituelles, où le mot «folle»
revient comme un leitmotiv, m'arrachent de ma
rêverie pour me projeter de plain-pied dans le
présent. J'ouvre alors la porte sans arrêter l'eau.
Mamadou me regarde, soudain muet, visiblement effaré et ravi. Mon corps est toujours beau
et désirable... Je remplis d'eau ma bouche, lui
crache au visage et referme la porte. Aujour-
d'hui, il se contentera d'une toilette de chat, je
suis bien décidée à rester sous la douche aussi
longtemps qu'il sera à la maison. Il n'osera pas
me faire sortir de force.

Je sors dès que j'entends démarrer sa voiture.
Tandis que je traverse la cour, Awa me regarde.
Je m'arrête et la fixe. Elle baisse les yeux et
marmonne, probablement quelque chose sur ma
folie qui s'aggrave. Rentrée dans ma chambre,
je me jette sur mon lit. Le regard de Mamadou a
réveillé en moi les souvenirs de tendres moments que je pensais avoir définitivement ou-

bliés. Adieu calme et sérénité, me voilà toute
excitée. J'ai chaud, malgré la douche, je transpire. Les battements de mon cœur se précipi-
tent. Je souffre terriblement, tout mon corps
vibre, j'éclate en mille morçeaux. Une grande
détresse me lacère l'âme. Je ressens douloureusement ma solitude. J'ai envie de mourir... Non,
il faut que je vive. Ma mort ferait trop plaisir à
Ndèye et c'est bien la dernière personne à qui je
voudrais être agréable. Mamadou, lui, se senti-
rait délivré du fardeau que je représente pour sa
conscience...

Neuf heures trente

Après une bonne heure de rêverie, je retrouve la réalité matérielle de mon cahier. Ami
et confident. Grâce à lui je découvre que ma vie
n'est pas brisée, qu'elle était repliée au-dedans
de moi et revient, par grandes vagues écu-
mantes, émoustiller ma mémoire. Pendant des
années, j'ai divagué d'un état de prostration à la
furie du désespoir, sans confident. Je n'avais
jamais imaginé que coucher ma peine sur une
feuille blanche pouvait m'aider à l'analyser, la
dominer et enfin, peut-être, la supporter ou
définitivement la refuser.

Le lendemain de mon réveil à l'hôpital, après
la visite du médecin, une infirmière vint me
chercher pour me conduire de la case où je me
trouvais seule à une chambre située dans le
bâtiment principal. Il y avait deux lits ; dans l'un,
une jeune femme me regardait sans me voir,
semble-t-il. Je lui dis bonjour en entrant. Elle ne
me répondit pas, continuant à suivre ses idées,
probablement. Je m'installai dans le lit inoc-
cupé. Au bout de quelques minutes, revenant de
son lointain voyage, ma voisine me dit :

— Toi non plus, tu n'es pas de ce pays, je le
vois.

— Non, je suis des îles. Et toi ? lui demandai-
je.

— Moi, je suis une fille de l'eau. Je vais
bientôt retourner sur les bords de mon fleuve, le
Congo... Ici, il n'y a pas d'eau, regarde comme
tout est sec autour de nous. J'ai soif, rien ne me
désaltère.

Puis elle se mit à ricaner et à sangloter tout à
la fois, doucement, profondément. Aucune
larme ne coulait de ses yeux ; elle prononçait
parfois des mots, dans sa langue maternelle
sûrement, et restait dans cet état toute la
journée. Le soir venu, elle eut un grand nombre

de visiteurs, sans doute des compagnons d'é-
tudes à l'université de la ville où elle étudiait la
philosophie. Pendant toute la durée de la visite,
ma voisine sembla reprendre goût à la vie ; elle
souriait et parlait. Après le départ de ses amis,
elle m'offrit des friandises qu'on lui avait
apportées.

Mamadou vint très tard. Je ne trouvai rien à
lui dire. Lui non plus ne prononça pas trois mots
en dehors du « bonjour, comment te sens-tu ? »
Aussi nous restâmes toute la durée de sa visite
chacun dans nos pensées, comme un vieux
couple un soir de veillée. Je m'imaginais
tricotant des chaussettes, tandis que Mamadou
faisait des mots croisés. Cette idée me fit
sourire. Je savais que cette vision d'un avenir
calme et monotone ne pouvait en rien ressem-
bler à la vie d'un couple dans ce pays. Ici, la
solitude à deux n'existe pas, la famille est là, elle
vous entoure, vous distrait, pense à vous, pense
pour vous.

Mamadou s'en alla en demandant si je
désirais quelque chose de particulier, qu'il
pourrait m'apporter le lendemain. Non, je
n'avais besoin de rien. Je fermai les yeux. Je
flottais sur un nuage très haut au-dessus de toute
terre. Les piqûres étaient probablement pour
beaucoup dans mon état de calme indifférence.
Je m'endormis bercée par le ronflement « sur
trois tons » de ma voisine. Au milieu de la nuit,

je crus entendre des sanglots et des cris. Trop abrutie par le sommeil, je ne pouvais me rendre compte si je rêvais où non.

Le lendemain, j'eus un entretien avec le médecin. C'était une jeune femme française, très agréable, avec un sourire rassurant. Je me sentis en confiance. Elle m'écouta, me posa quelques questions sur ma vie dans ce pays, mes projets d'avenir, me proposa son aide si toutefois je désirais être rapatriée en France (j'ignorais d'ailleurs cette possibilité). Pour conclure, elle me dit que tout ce dont j'avais besoin, c'était d'un peu de repos et me prescrivit des calmants pour m'aider à bien dormir. Je suis restée encore quelques jours à l'hôpital où ma principale activité consistait à dormir. Je ne sortais de mon lit que pour des nécessités absolues. La nourriture était pire que le riz au poisson quotidien de chez l'oncle Alassane. J'avais refusé que l'on m'apportât mes repas et j'avalais tout sans chercher à connaître la saveur, ajoutant plus qu'il n'en fallait du sel ou du sucre.

Le samedi suivant, je retournai chez l'oncle rue Trente-trois. Mamadou venait tout juste de trouver un emploi dans une banque grâce aux bonnes relations de l'oncle et devait commencer le lundi un stage d'initiation. Un de ses amis nous avait trouvé un appartement sur cour, dans une rue populaire du centre ville. La perspective d'un prochain domicile rendit tout à fait supportable les quinze jours suivants. Enfin nous emménageâmes dans notre petit deux-pièces, un dimanche. Nous avions fait faire des meubles par un menuisier du quartier, ayant déjà rapporté de France de la vaisselle, du linge de maison, ainsi qu'une cuisinière à gaz. Pour le reste, nous décidâmes d'acheter quelque chose d'utile chaque mois pour parachever notre installation. Nous avions établi un budget rigoureux de nos dépenses, y compris ce que nous devions donner aux parents du village et même de la rue Trente-trois où à mon avis l'on n'avait pas vraiment besoin de notre aide, l'oncle Alassane touchant une confortable retraite d'ancien fonctionnaire et ses enfants travaillant. Mais c'était lui qui avait élevé Mamadou, qui l'avait mis à l'école : reconnaissance oblige. Nous devions donc nous priver, s'il le fallait, de l'essentiel pour que l'oncle eût le superflu.

Mamadou prit à charge la scolarité et l'entretien de ses jeunes frères. Il était relativement bien payé, cependant il ne nous restait pas de quoi faire des économies, ce qui me contrariait. Il ne parlait pas de week-end au village depuis ma sortie de l'hôpital et ne voulait pas non plus de divorce avec Awa ou moi. Je dois reconnaître qu'il faisait des efforts pour que j'oublie les mauvais moments que nous venions de passer. Le soir, dès qu'il avait terminé son travail, il venait me chercher pour de longues promenades au bord de la mer. Ou bien nous allions chez des amis. Il évitait les conversations dans la langue nationale que je ne comprenais pas encore et m'initiait patiemment aux us et coutumes de son ethnie. J'essayais aussi d'apprendre à parler avec les tantes et cousines, qui ne comprenaient pas le français.

Je pensais, à ce stade des événements, être arrivée à la fin de mes malheurs. Je redevins confiante, aimable et gentille. Alors un grand bonheur nous visita trois mois plus tard, le jour où j'allai consulter un médecin pour quelques malaises. Il m'apprit que je serais mère dans six mois, si tout se passait bien. Je n'avais jamais eu la moindre fausse alerte auparavant. Savoir que j'allais moi aussi être mère changea toute ma conception des choses. Mon principal souci fut de préparer l'arrivée de cet enfant. Plus rien d'autre ne comptait pour moi. Mamadou ne fut jamais autant attentionné. Il surveillait mon régime alimentaire, me poussait à des excès sous prétexte que je devais manger pour deux. Il m'avoua qu'une des raisons pour laquelle il n'avait pas voulu répudier sa première femme était la crainte que je ne puisse pas lui donner des enfants. Avoir des enfants était le plus grand bonheur pour lui dans le cadre du mariage. Nous menâmes à cette époque une vie très agréable, toute de tendresse, pendant deux mois. La seule ombre pour moi restait les nombreuses visites de tantes, oncles, cousins, de tous bords. Ils ne partaient jamais avant l'heure des repas, bien au contraire, mais arrivaient juste à temps pour passer à table. Ne voulant pas préparer du riz et des grandes sauces africaines tous les jours, cela m'obligeait à faire des acrobaties astucieuses pour nourrir ces visiteurs. En outre, très souvent il fallait leur donner de l'argent pour le taxi du retour. Parfois on recevait une demande de prêt pour régler un problème toujours urgent. Prêt qui, bien entendu, n'était jamais remboursé...

Néanmoins, tout allait pour le mieux dans le meilleur des mondes en ce matin lumineux d'avril. Panier au bras, je sautillais d'un étalage à l'autre, au marché. Les légumes semblaient plus beaux, d'un marchand à l'autre, les prix aussi très différents. Je m'habituais mal, par timidité sans doute, au marchandage classique des marchés africains. Les vendeurs m'appelaient tous à la fois. «Jolie madame, viens voir ici, viens voir par-là, moi je te fais bon prix, moi, les tomates sont plus jolies, comme toi.»

En sortant du marché, je m'arrêtai un moment pour regarder le ciel. Il était d'un bleu azuré que n'altérait aucun nuage. Toute joyeuse, je commençais à traverser l'avenue du marché, quand je reçus un choc sur le côté gauche. J'eus conscience un instant d'être allongée sur mes tomates et de ressentir une douleur profonde et sourde qui m'étreignait le bas-ventre. Je m'évanouis ensuite.

Quand je repris mes esprits, je me vis sur un lit d'hôpital. Ma voisine appela l'infirmière.

— Que m'est-il arrivé ? demandai-je.

— Restez calme, ce n'est rien, me dit l'infirmière.

— J'ai mal ! Oh ! que j'ai mal !

— Rassurez-vous, vous êtes tout à fait hors de danger, affirma-t-elle.

J'étais à demi étourdie. J'avais conscience de parler, cependant je ne comprenais pas tout ce que je disais. J'appris plus tard que j'avais été renversée par une voiture. Le conducteur n'allait pas vite, mais j'avançais dans la rue en regardant le ciel. J'étais hors de danger, certes, néanmoins j'avais subi une opération et perdu mon enfant. Quand Mamadou arriva, je fus prise d'une véritable crise de larmes et de désespoir. Mamadou me consola de son mieux, m'assurant que ce n'était rien. « Nous en aurons un autre, beaucoup d'autres... »

Deux semaines après l'accident, je quittai l'hôpital. Je devais encore me reposer quelques jours chez moi et revenir pour une visite de contrôle. Je repris courage. Après tout, je n'avais que vingt-deux ans, et la vie devant moi. Une nièce de Mamadou, Mariama, vint me voir et me dit que mon accident était l'œuvre du marabout qu'Awa entretenait au village, depuis que Mamadou n'allait plus la voir. De plus, les brassières que je tricotais avant la naissance avaient favorisé le malheur.

Ici, la coutume voulait que l'on ne préparât pas la venue d'un enfant. Les vêtements s'achetaient après la naissance. Aussi, bien souvent, le bébé passait les premières heures de sa vie emmailloté dans le pagne que la mère portait au moment de la délivrance.

Je refusai de croire ces superstitions, pourtant cette confidence jeta un grand trouble en moi. Qui sait ?... Notre joie avait été de bien courte durée. Mamadou était devenu nerveux, irritable, il rentrait tard, passait ses soirées avec des amis. Moi, je vivais dans une certaine angoisse, essayant tout de même de me raccrocher à de faux espoirs. Un mois passa, péniblement, effeuillement de long jours d'ennui. J'allai faire ma visite de contrôle. Le docteur qui m'examina me rassura quant à ma santé et resta très évasif sur mes questions concernant une prochaine grossesse. Mamadou m'avoua alors qu'il savait par le médecin que je n'avais plus aucune chance d'être mère à nouveau. Il ne m'en avait pas parlé plus tôt, pour me laisser le temps de me rétablir.

Cet aveu sonnait le glas de toute espérance de bonheur, de toute joie de vivre. Mamadou, comme je m'y attendais, reprit ses voyages auprès d'Awa durant le week-end. Il allait au village simplement pour voir sa mère, disait-il. Il me proposa même de l'accompagner. Plus rien ne m'intéressait. Hormis Mamadou, je n'avais plus personne au monde. Je m'accrochais à lui désespérément, sachant qu'il ne pouvait me soustraire à ce tourbillon qui emportait un peu ma raison.

Un jour, Mamadou m'annonça qu'il cherchait un logement plus grand afin de faire venir Awa en ville. Sa fille devait aller à l'école à la prochaine rentrée, il fallait qu'il puisse veiller sur elle. J'étais décidément seule, j'avais mal dans tout le corps et aucune médecine ne pouvait me soulager. De violentes migraines me donnaient la nausée. Je me renfermai entièrement sur ma douleur, restant plusieurs jours sans sortir, sans manger, triturant, ressassant, remachant interminablement les mêmes idées, jusqu'à l'engourdissement, la perte de la conscience. Je n'ouvrais plus ma porte aux visiteurs. Mamadou possédait sa clé et quelquefois trouvait un parent qui attendait derrière la porte. Je devenais volubile après avoir bu. Je buvais en cachette, espérant ainsi m'étourdir et ne plus penser à rien, mais je n'aimais pas l'alcool et bientôt j'abandonnai. J'utilisai aussi les larmes, les crises de colère, les petits plats, la coquetterie, l'indifférence, pour dissuader Mamadou de faire venir Awa. Sa décision était prise. Quand nous abordions le sujet, il essayait de me persuader d'accepter cette solution toute

naturelle ; si j'y mettais de la bonne volonté,
notre vie serait très agréable, Awa étant simple,
gentille, effacée. Rien ne changerait pour nous
deux, il n'aurait pas non plus à faire la route
chaque week-end, nous serions une grande et
belle famille, les enfants d'Awa seraient mes
enfants. C'est tout juste s'il ne me disait pas que
c'était une chance que nous ayons Awa pour me
faire les enfants que je ne pouvais pas avoir.
Mamadou pensait que ma peine se résumait à un
caprice. Pour moi, cette situation était et restait
inconcevable. Il me venait à l'esprit des idées qui
me faisaient frémir d'horreur. Je souffrais, je
pensais au suicide, je n'arrivais pas à me
décider. Non par peur de la souffrance physique, mais parce que cette solution était contraire
à mes principes moraux et religieux, qui vou-
laient que la vie soit une chose sacrée. Je me
jetai dans la prière, le recueillement, les neu-
vaines à tous les saints. J'allai à toutes les
messes. Je ne savais même pas ce que je
voulais : vivre avec Mamadou, le quitter, quitter
son pays ? Tout s'embrouillait en moi. La seule
vérité, cette souffrance qui dépassait mon
entendement, faisait chavirer ma raison, donnait
un goût terreux à tout ce que je portais à la
bouche et me retournait l'estomac comme un
champ labouré.

Le jour de l'arrivée d'Awa, ses sœurs,
parents, amies l'accompagnèrent depuis le vil-

lage. Elles avaient loué un car, et emmené même le tam-tam. Je subis, l'air indifférent, toute cette liesse, serrant les dents pour ne pas hurler. Awa emménagea la première dans notre logis actuel, Mamadou n'ayant pas les moyens de payer deux loyers. Aussi, malgré ma réticence, je vins quelques jours plus tard habiter chez Awa en intruse. Elle m'accueillit avec beaucoup de gentillesse, je dois l'avouer. Femme naturellement douce, généreuse et soumise, la polygamie faisait partie de sa culture ; elle acceptait volontiers de partager son mari. Elle semblait toute heureuse de vivre enfin à la ville avec son époux. Son bonheur me révoltait.

Après une semaine de cohabitation, je ne pus plus supporter Mamadou. Je touchai le fond de l'abîme de mon infortune.

Mets de l'huile dans ma lampe, Seigneur
éclaire du fond de ce puits ma longue nuit

Mets de l'huile dans ma lampe, Seigneur
fais briller mon âme sombre et douloureuse

Mets de l'huile dans ma lampe, Seigneur
ce monde est plein d'ombres, ce puits si
sombre

Mets de l'huile dans ma lampe, Seigneur
de mon coeur plein d'amertume chasse la
nuit...

Je divaguais, suppliais, lançais d'ardentes prières à l'Eternel. Je décidai de ne plus partager le lit conjugal avec Mamadou et m'installai dans ma chambre actuelle, qui était à l'origine destinée aux enfants. Je coupai mes cheveux à ras et revêtis une robe de deuil. C'était une façon de détruire tout ce qui subsistait encore en moi d'espérance. Mamadou crut que j'avais vraiment perdu la raison. Je ne fis rien pour le dissuader. Pour la première fois, il me proposa de me laisser partir. C'était trop tard. Le monde entier ressemblait à un désert sans ombre et je me débattais au fond d'un gouffre, seule, sans soutien. Mes doigts pénétraient dans une boue grasse qui imprégnait mes vêtements, ma peau. Je passais des heures, si ce n'était toute la journée et quelquefois la nuit entière, sous la douche à me savonner, sans arriver à m'en débarrasser. Mamadou m'emmena consulter un psychiatre et l'on me fit un électro-encéphalogramme. Le praticien, un homme cette fois, ne comprenait apparemment rien à mon problème. Il discuta surtout avec Mamadou, me prescrivit quelques médicaments, du repos, du calme et une nourriture abondante. J'avais maigri au point que mes habits flottaient autour de moi, comme tout ce qui m'environnait. Je ne voyais plus les autres, seule comptait ma douleur. Je la pétrissais à pleines mains avec la glaise du puits où m'avait jeté mon chagrin. Je n'exerçais plus aucune activité à l'extérieur, je ne sortais plus. Je végétais.

Awa était la vraie maîtresse de maison. Je ne pouvais rien lui reprocher. A sa sortie de clinique, après la naissance de son fils Alioune, elle vint me voir et me dit : « Prends-le, c'est ton enfant. » J'étais touchée qu'elle me confiât son bébé. Je sentais cependant sa vive inquiétude, car je lisais dans ses yeux la peur de ma réaction ; mais elle sut dépasser sa crainte pour me faire plaisir. Elle faisait tout pour que je me sente à l'aise, vraiment très surprise de mon comportement, ne comprenant pas que je refuse mon mari les trois jours où il me revenait de droit dans mon lit...

Le jour du baptême d'Alioune, elle insista pour que je reste avec ses amies dans la cour. Aucune ne parlait le français. Leurs rires à tout propos, les paroles qu'elles m'adressaient et dont je ne saisissais pas le sens, se traduisaient dans mon cerveau par des moqueries, résonnaient avec une telle intensité que je ne pouvais résister à l'envie de me boucher les oreilles. Ceci apparemment n'avait aucun effet.

Mamadou se pavanait, majestueux, allant d'un groupe à un autre. Il portait un magnifique boubou blanc, richement brodé, des babouches blanches immaculées. Il était beau. Un beau monstre, égoïste, orgueilleux en son jour de gloire. Sa virilité confirmée, sa descendance assurée, il baptisait son premier fils. C'est pour vivre cet instant qu'il m'avait sacrifiée. Il serra chaleureusement les mains des femmes assises à côté de moi et leur adressa des paroles aimables. Il prit ma main machinalement, sans me faire l'aumone d'un regard. Etais-je devenu un « zombi » ? Il ne me voyait plus. Au fil des heures, je me sentais fondre, telle la glace au soleil. Vers midi, j'avais l'impression d'être aussi petite qu'une fourmi.

Je regardais les êtres humains qui m'entouraient ; c'étaient des géants terrifiants, au visage monstrueux. Une femme se leva, se mit à rire, la bouche grande ouverte. Elle avait deux dents recouvertes d'or ; moi, je voyais deux crocs brillants dans une gueule de Sphinx. J'eus peur. Je me levai, titubante, et eus beaucoup de mal à retrouver le chemin de ma chambre. Je ne pus quitter mon lit le reste de la journée. Un véritable tourbillon faisait valser ma tête dès que j'essayais de me lever. Awa, visiblement désolée, était venue une ou deux fois prendre de mes nouvelles.

Mamadou, quant à lui, ne s'était pas déplacé. Je savais exactement de quoi je souffrais à ce moment-là. Le bonheur de Mamadou me rendait triste. Si j'avais eu cet enfant qu'il désirait tant, notre vie aurait été tout autre. J'avais envie de pleurer. Je pleurais en moi-même, sans larme, je pleurais sur ma solitude au milieu de

toutes ces réjouissances. Je pleurais sur Mamadou si heureux qui, en ce moment de joie, ne
pensait pas au mal qu'il me faisait et qu'il
paierait un jour. Pour me venger, je l'imaginais
mort, une belle dépouille de crapule puante sur
laquelle je crachais. Cette vision me fit éclater
de rire, un rire absurde et démentiel, jusqu'à
perdre le souffle. Alors mes larmes coulèrent et
je m'endormis apaisée.

Par la suite, je n'assistai plus jamais aux
festivités de la maison. Je m'enfermais dans ma
chambre dès que se présentaient des visiteurs.
Le baptême d'Oulimata, deux ans après, fut
célébré en toute simplicité. C'était une fille...

Quinze heures

J'aime les enfants d'Awa, ce sont les enfants
que j'aurais voulu avoir. Au début, elle avait
visiblement peur que je ne leur fîs du mal, elle
évitait de les laisser seuls avec moi. Avec le
temps, elle comprit que les enfants étaient tenus
à l'écart de mes ressentiments, que je les aimais
bien. Cette sympathie, réciproque chez les
enfants, influençait sûrement le comportement
d'Awa à mon égard. Elle s'occupait de moi
comme une mère, me faisait coudre, quelquefois, une robe par son tailleur. Elle m'achetait

les petites choses dont je pouvais avoir besoin.
C'était la seule personne à qui j'adressais la
parole dans la maison, hormis les enfants...

Les enfants viennent souvent me voir dans ma
chambre. Diary, l'aînée, est déjà très jolie ; elle
a environ dix ans. Pendant l'année scolaire, elle
me demande parfois de lui faire réciter ses
leçons, me montre ses cahiers quand elle a une
bonne note. Alioune a sensiblement l'âge qu'aurait eu l'enfant que j'ai perdu, aussi est-il mon
préféré. Il ne va pas encore à l'école, mais a
appris le français avec moi ; je lui ai toujours
parlé dans cette langue depuis son plus jeune
âge. La dernière, Oulimata, vient d'avoir deux
ans et sera sans doute aussi jolie que sa soeur.
Depuis deux ans, environ, Mamadou a épousé
une troisième femme, qui est en réalité la
seconde, car je me suis retirée de la « compéti-
tion » et ne participe que de très loin à la vie de
la maison. Ndèye, la nouvelle, me déteste, lance
paroles et invectives en ma direction. Pourquoi ?
Alors que je ne la regarde pas, je ne l'entends
pas non plus. Je l'ignore, et c'est sans doute cela
qui la vexe d'avoir à monologuer. C'est elle qui
m'a baptisée « la folle ».

Mamadou est de moins en moins souvent à la
maison. De temps en temps, il vient s'informer
de ma santé. Je le reçois toujours de la même
façon depuis qu'il a amené Ndèye ici. Il parle

tout seul, je ne réponds jamais à aucune de ses questions...

Après l'indépendance, une compatriote assistante sociale, ayant eu connaissance de mes difficultés d'adaptation à la vie du pays, était venue me voir pour me proposer de me faire rapatrier en France. Elle était revenue, mais j'avais refusé de la voir, à tort ou à raison. Je ne vois pas ce que je retournerais faire à Paris. Je n'ai goût à rien, pas de famille, pas d'amis vraiment proches. Je me suis habituée à ma vie végétative. Je me demande, si je devais quitter cette demeure, comment je ferais pour retrouver un comportement et des rapports sains avec d'autres individus. La méchanceté et la haine de Ndèye, la lâcheté de Mamadou font partie de mon cycle normal de vie et cela m'indiffère. J'ai épousé Mamadou pour le meilleur et pour le pire. Malgré ma première réaction qui était de le quitter, il est toute ma famille, aussi j'assume ce pire. Je ne suis plus la femme de sa vie. L'ai-je été ? Y a-t-il une femme qui compte pour lui ? Awa est la mère de ses enfants, Ndèye la partenaire de ses débauches. Quel sentiment éprouve-t-il à mon égard aujourd'hui ? Il me subit, je suis la tare familiale, la lépreuse qu'on cache et nourrit pour l'amour d'Allah, l'étrangère que Mamadou a eu le tort d'emmener chez lui. La famille, ne m'ayant jamais adoptée, n'eut pas à me rejeter. Seule, la tante Khady vient me dire bonjour quand elle est à la maison. Les autres m'ignorent.

Ils ont accepté Ndèye, apparemment, sans réticence; elle est enfant du pays, donc digne de leurs fils. Pourtant, selon Awa, Ndèye, fille légère, avait déjà eu un mari et de nombreuses aventures. Mamadou n'était « qu'un » parmi le grand nombre de ses amants. Il l'avait épousée par pure vanité, parce que très courtisée. Mamadou avait emprunté, paraît-il, une forte somme d'argent pour faire face aux dépenses occasionnées par son mariage avec Ndèye. La chambre fut équipée de neuf selon les goûts de la nouvelle épouse : la même chambre que j'avais partagée au début avec Mamadou.

Le jour de l'arrivée de Ndèye, j'avais pris soin de m'enfermer dans ma chambre. Je suivis une partie des festivités derrière mes volets. Rien de comparable avec l'arrivée d'Awa qui avait été finalement d'une grande simplicité. Ndèye et ses amies ressemblaient à des bijouteries ambulantes, leurs boubous étaient somptueux. Les billets de banque changeaient de mains à un rythme étourdissant, les griots rivalisaient de virtuosité. Chants et danses se succédèrent très longtemps. Pendant au moins trois jours, la maison ne désemplit pas de visiteurs bruyants.

Environ une semaine plus tard, notre première rencontre de co-épouses, ou tout au plus de co-habitantes de la même maison, se passa, pour Ndèye et moi, en présence d'Awa. Je sortais de la douche, elle me tendit la main, je ne la pris pas. Je saluai Awa et continuai mon chemin. J'avais décidé d'ignorer totalement cette femme, ainsi que Mamadou. Elle dit alors à Awa :

— C'est vrai qu'elle est folle... Pourquoi Mamadou la garde ici ?

— Elle ne dérange personne, répondit Awa.

— En tout cas, moi je n'aime pas les toquées. Il va falloir qu'elle file droit, car je ne supporte pas les anormales.

— Si tu ne la regardes pas, elle ne te regardera pas non plus, dit Awa en s'éloignant pour conclure.

Mamadou arriva, parla tout bas à Ndèye, qui répondit :

— Je viens de faire la connaissance de ta « toubabesse ». Elle est plus folle que je ne l'imaginais, elle a refusé de me saluer.

Je bouillonnais, furieuse contre cette fille, qui même physiquement me déplaisait. Elle était ce que l'on appelle ici une « belle femme » parce que grande, bien enveloppée de graisse. Moi, je préférais le genre d'Awa : taille moyenne, les traits fins, le port noble. Voilà que pour elle je suis folle et, ce qui est tout aussi vexant pour moi « toubabesse » : elle m'assimilait, ni plus ni moins, aux femmes blanches des colons. Elle m'enlevait même mon identité nègre. Mes pères avaient durement payé mon droit à être noire, fertilisant les terres d'Amérique de leur sang versé et de leur sueur dans des révoltes désespérées pour que je naisse libre et fière d'être noire.

En France, je n'avais jamais été peinée quand on faisait allusion à ma couleur ; je me rappelle avoir toujours accepté ma différence fièrement, d'autant plus que très souvent, j'avais entendu sur mon passage : « C'est une jolie négresse », ou « elle est mignonne, la petite noire ». Je n'aurais jamais imaginé à ce moment-là, qu'en terre africaine, quelqu'un m'aurait assimilée à une Blanche. Cette insulte me toucha profondément et renforça mon antipathie pour Ndèye ; je sus depuis ce jour que jamais je n'éprouverais pour elle que mépris et ressentiment.

Mamadou, comme toujours, se garda de donner son avis et s'éloigna. Je me trouvais à cet instant à la fenêtre de ma chambre. Ndèye me lança son premier regard cruel et se dirigea vers le salon à la suite de Mamadou.

Hélène regrettait de n'avoir pas insisté davantage pour s'occuper de cette jeune compatriote en difficulté. C'est le docteur Monravi, psychiatre

française, qui lui en avait parlé, sachant qu'elle était originaire des îles. A sa deuxième visite, la jeune épouse de Mamadou avait refusé de la recevoir et s'était enfermée dans sa chambre. Débordée de travail, elle n'y était pas retournée et l'avait oubliée. Quatre ans environ s'étaient écoulés quand une collègue, l'assistante sociale de l'hôpital psychiatrique, lui avait parlé à nouveau de cette femme revenue dans le service pour une assez longue durée. La collègue lui avait demandé d'essayer de retrouver quelqu'un de la famille de cette malade, durant ses vacances aux îles. Hélène avait bien rencontré une grand tante et des cousins, mais ils n'avaient pas entendu parler de l'épouse de Mamadou depuis qu'elle avait quitté l'île, enfant. Bien sûr, ils n'envisageaient pas de se charger d'une parente inconnue, malade de surcroît. Hélène pouvait difficilement les juger; c'était une grande responsabilité qu'elle leur demandait d'assumer.

Hélène alla se servir un deuxième scotch, alluma une nouvelle cigarette. Déjà deux heures du matin, elle n'avait pas sommeil et ne travaillait pas le lendemain; donc elle pouvait profiter de la nuit à sa guise. Encore une chose qu'elle pourrait difficilement faire après son mariage. Elle se demandait, au fond, pourquoi cette décision de se marier après tant d'années. La solitude ne lui pesait pas, elle avait été très entourée dans son jeune âge par ses nombreux frères et sa soeur

Rosette. Depuis son départ de l'île, après le bac, pour faire ses études, elle avait vécu seule et ne voyait que le côté positif de sa vie. On la considérait comme une femme d'agréable compagnie. Elle s'était revêtue d'une carapace de cynisme pour protéger son moi, s'étourdissant pour ne pas prendre à cœur la misère des autres qu'elle devait chaque jour essayer de soulager. L'histoire de cette jeune compatriote lui rappelait un cas qu'elle avait suivi l'an dernier.

« Une femme mariée depuis peu. Le mari émigre en France pour travailler, elle le rejoint dès que possible. Quand elle arrive, quelques mois après, elle trouve une de ses voisines et amies, qui avait quitté le pays à la même époque que le mari, installée dans la maison et vivant maritalement avec son époux. Isolée, loin de sa famille, de son pays, elle ne peut supporter le choc. Elle tombe malade. Le mari la renvoie chez ses parents qui habitent le secteur où travaille Hélène. Aucun traitement ne vient à bout du goître nerveux que lui a provoqué sa détresse. Elle meurt sans autre cause apparente que le chagrin. »

Habituellement, Hélène évitait de penser, pour ne pas arriver à la conclusion suivante : tous les hommes, quels que soient leur niveau culturel ou leur origine sociale, étaient de parfaits égoïstes qui ne valaient pas une seule larme de femme. Hélène était consciente qu'Ousmane, en l'épou-

sant, faisait une bonne affaire, tout sentiment mis
à part. Elle gagnait quatre à cinq fois plus que lui,
avec son contrat d'expatriée, possédait un petit
appartement à Paris, une villa aux îles, construite
à côté de la maison familiale, que son unique
soeur, Rosette, veuve précocement, occcupait
avec ses quatre enfants. Des dix frères d'Hélène,
les deux aînés étaient morts en France pendant la
Deuxième Guerre mondiale. Trois autres, partis
travailler à l'étranger, ne donnaient pas signe de
vie. Cinq étaient restés attachés à la terre et
cultivaient le champ de canne familial. Ils avaient
épousé des filles du village et élevaient un grand
nombre d'enfants qu'Hélène n'arrivait pas à
distinguer les uns des autres. Quand elle partait
en vacances, elle emmenait une valise entière de
jouets et de vêtements de toutes les tailles. Elle
était pour eux la jolie tante fonctionnaire que tous
attendaient avec impatience à chaque voyage.

Hélène envoyait régulièrement, chaque mois,
un mandat à son père et un autre à sa sœur,
accompagnés d'une courte lettre qu'elle promet-
tait toujours plus longue la prochaine fois.

En réalité, malgré l'affection qu'elle leur
portait, une fois échangées les nouvelles de la
santé et du temps, Hélène ne savait plus quoi leur
raconter. Elle menait une vie très différente de la
leur. Depuis trois ans, elle n'était pas revenue
dans l'île, afin de faire des économies pour payer
son appartement parisien. L'été prochain, elle

pensait emmener Ousmane, pour le présenter à la famille. Hélène n'avait pas révélé ses projets de mariage à ses parents, elle préférait leur faire part de la nouvelle plus tard, pour éviter questions et commentaires. Après son aventure avec Hector, elle s'était juré de ne jamais se marier et elle s'étonnait elle-même de sa décision prise depuis peu d'épouser Ousmane. Elle essayait de se faire à l'idée que c'était sage de se ranger enfin. Il lui restait encore dix jours de réflexion avant le oui fatidique. Beaucoup de choses pouvaient se passer d'ici là. Hélène, en femme pratique, avait vu le notaire et fait établir un contrat de séparation des biens avant et après le mariage. Ousmane n'était pas encore informé, c'est le cadeau qu'elle lui offrirait à son retour le lendemain.

Ousmane, sincèrement amoureux d'Hélène, voulait l'épouser sans calcul. De caractère doux et timide, il était fils unique; sa mère venait d'une famille catholique. Le père, en mourant, quelques années plus tôt, laissait deux autres veuves plus jeunes et un grand nombre d'enfants: Ousmane ne voyait guère ses demi-frères et sœurs, ne fréquentait pas non plus la famille de sa mère, qui n'avait pas vu d'un bon oeil le mariage de leur fille avec un musulman; laquelle, en outre, avait apostasié.

Ousmane ne vivait que pour sa mère, avant sa rencontre avec Hélène. Depuis, il était véritablement subjugué par sa future épouse, qui pensait et décidait pour lui. Avec elle, il se sentait comme en sécurité. Il n'aimait pas avoir à prendre de décision. Enfant, il obéissait toujours à sa mère ; à l'école, il suivait les autres camarades plus habiles que lui et n'en souffrait pas. Dans sa vie professionnelle, c'était un bon adjoint qui exécutait méthodiquement les ordres de son patron. Bien noté, il n'aspirait pas du tout à un poste de commandement. Sa mère aurait préféré qu'il choisisse une jeune fille du pays ; mais toutes celles qu'il avait approchées l'avaient plumé à la première sortie. Il fallait les habiller de la tête aux pieds, son modeste salaire s'épuisait en huit jours. Et il ne pouvait pas envisager d'épouser une fille de n'importe quel milieu sans problème : la caste à laquelle il appartenait, était considérée comme inférieure. Hélène, au contraire, non seulement ne lui demandait rien, mais insistait pour payer quelquefois à sa place et c'est elle qui lui offrait des cadeaux. Ousmane pensait que sous ses apparences de femme émancipée, intraitable, Hélène possédait un cœur généreux et il espérait la conquérir totalement.

Pour Hélène, la lecture du journal de sa compatriote la rendait encore plus déterminée. Elle était prête à la venger. Elle aurait voulu faire souffrir tous les hommes de la terre, les humilier, les châtrer. Elle s'échauffait l'esprit, le whisky aidant ; elle ne savait plus où elle en était. Le contenu du cendrier débordait sur la table, l'air enfumé l'enveloppait d'une brume malsaine et irrespirable qui lui brouillait la vue et les idées. Elle se sentit mal et eut le réflexe d'aller ouvrir la baie vitrée. L'air frais et humide de ce mois de février lui fit du bien et assainit l'atmosphère de la pièce. Elle balança le contenu du cendrier par la fenêtre, se resservit un double whisky.

Hélène ne savait plus quelle quantité elle avait bue ; cela ne revêtait aucune importance. Un peu d'ivresse était une bonne chose ; elle se trouvait, en effet, toujours trop lucide depuis qu'elle sortait avec Ousmane, car lui ne fumait pas et ne buvait que du coca-cola. Hélène avait diminué sa consommation excessive d'alcool et de cigarettes. Ousmane ne le lui avait pas demandé, néanmoins, une fois, il lui dit avec beaucoup de douceur : « Je ne pense pas que le tabac et l'alcool soient bien indiqués pour rester en bonne santé… »

Hélène se lève de nouveau, met un disque ; c'est un chanteur du pays, il chante l'amour et la beauté des filles des îles, avec un humour particulier à ses compatriotes. Elle sourit, puis reprend sa lecture.

*
**

Samedi 26 août 1961

Il est quinze heures, je reprends mon journal. Depuis ce matin, je me sens calme et sereine, même un peu joyeuse. Ecrire me fait du bien probablement, car pour une fois, j'ai une occupation. J'ai offert mes services à Awa pour trier le riz, j'ai fredonné et ri avec Diary, j'ai taquiné Alioune. Je n'ai pas vu Ndèye de la matinée. Il fait relativement bon après la nuit d'orage que nous avons eue. La foudre est tombée dans une banlieue proche, une voisine l'a dit à Awa. Mamadou va partir pour le match. J'entends les ratés de sa vieille 203; il a toujours beaucoup de mal à la faire démarrer. Il aurait pu changer de voiture, s'il n'avait pas épousé Ndèye depuis deux ans. Elle lui coûte une fortune : en boubous, bijoux, cinémas et boîtes de nuit ; sans compter l'argent qu'elle distribue généreusement aux griots dans les baptêmes, mariages et tam-tams de tous genres. Son train de vie n'est un secret pour personne. J'apprends toutes ces choses les jours où elle s'installe dans la cour, sous ma fenêtre avec ses amies. Elles ont cependant une circonstance atténuante, elles ignorent combien gagne leur mari. Ndèye se conduit comme si Mamadou était le directeur de la banque. Mamadou vit avec au moins un mois de salaire dépensé d'avance pour paraître grand seigneur.

Tiens ! tiens ! les voilà qui arrivent justement,
précédées de la petite bonne de quinze ans à
peine et qui trime sous la haute autorité de
Ndèye pour trois mille francs CFA par mois.
Elle ploie courageusement sous un fauteuil deux
fois gros comme elle. Elle devra faire encore
deux voyages, car les « trois grasses », Ndèye,
Binta et Astou, ne feront pas un geste pour
l'aider. Astou est plus grande et plus forte que
les deux autres, qui sont pourtant d'un gabarit
peu ordinaire. Elle semble porter le contenu de
sa boîte à bijoux. Elle doit bien avoir une bonne
livre d'or sur elle aujourd'hui : ses boucles
d'oreilles sont si lourdes qu'elle doit les faire
tenir à l'aide d'un fil noir accroché au haut des
oreilles afin d'éviter de se déchirer le lobe.
Autour du cou, elle a une énorme croix
d'Agadès. (Il semble que la mode actuelle soit le
port de cette croix, car elles en portent toutes les
trois.) Au bras gauche, une montre, toujours en
or bien sûr, sept petits cercles d'or qui représen-
tent les sept jours de la semaine et un bracelet
fait de pièces d'or qui cliquettent au-dessus
d'une main aux doigts boudinés chargés de
bagues fantaisies et filigranées. A son bras droit,
un bracelet de dix bons centimètres, représen-
tant un masque. D'où vient tout cet or ? Bijoux
achetés à crédit, empruntés, offerts par les maris
et, pour une part non négligeable, cadeaux reçus

contre un instant d'intimité avec un monsieur aisé et généreux...

Dans un moment, Ndèye enverra la petite bonne acheter de la bière, puis elles médiront sur toutes les maisons du quartier et sur les autres femmes de leurs connaissances. Une chose m'étonne, ces trois « diriankées » (ainsi les appelle Awa) sont les meilleures amies du monde ; pourtant il suffit que l'une d'elles se déplace, et les deux autres n'hésitent pas à lancer quelques bonnes flèches derrière son dos. Ainsi, quand Binta vient seule, il est souvent question de la prodigalité d'Astou envers un certain Shérif dont elle serait la quatrième épouse bien aimée et infidèle. Binta, elle, était en quête d'un permanent depuis que son mari l'avait délaissée pour une jeune épouse, sage-femme jolie et soignée. Il ne venait plus guère la voir. A la fin du mois, il envoyait « la dépense » et le sac de riz par son chauffeur. Aujourd'hui je n'ai pas envie de les entendre égrener leur chapelet de médisance, car je tiens à garder ma bonne humeur. Aussi vais-je en profiter pour aller au salon écouter un disque.

Miraculeusement, j'avais pu conserver quelques disques de musique classique bien au fond de mon armoire. Ndèye n'aime pas ce genre de musique. Je sais quel sort elle réserverait à mes disques, si elle les avait entre les mains. La musique est la chose qui peut encore m'émouvoir, me faire revivre, m'arracher à l'indifférence du monde qui m'entoure. C'est comme un courant d'air frais qui apaise et exalte à la fois, qui me fait sourire ou pleurer.

J'hésite entre la Neuvième Symphonie de Beethoven et l'Adagio d'Albinoni. J'opte pour la Neuvième, car je sais que l'écoute de l'Adagio, véritable hymne d'amour, va me déprimer ; alors que le chœur final de la Neuvième, généralement, me gonfle d'espérance. Pendant quelques minutes je peux rêver que je suis jeune et belle, que l'avenir m'appartient.

Dimanche 27 août 1961, sept heures

En ouvrant ma fenêtre, ce matin, c'est sur un ciel gris sombre que se porte mon regard. Sombre aussi, l'immense tristesse mêlée de rage qui m'a tenue éveillée toute la nuit. Du plus loin que j'aie pu remonter dans mes souvenirs, je n'ai trouvé aucune faute assez grave pour mériter cette vie d'expiation. Je suis décidée à ne plus accepter mon sort comme une volonté divine, mais je veux le dominer. Je ne tendrai plus la joue droite après un soufflet sur la gauche. Je ne rendrai plus le bien pour le mal. Je canaliserai ma révolte contre mes ennemies !

Personne dans la cour. Le manguier, beau et touffu, semble me narguer dans la splendeur de son feuillage lavé par les pluies. C'est l'hivernage. Je reprends mon journal au présent. Mon passé est si loin et monotone.

Jusqu'ici, Ndèye était pour moi sans intérêt, je la méprisais en silence. Depuis peu, un autre sentiment a pris place en moi, plus déterminé, plus fort.

Hier, j'écoutais la Neuvième Symphonie de Beethoven au salon, profitant d'une heure où elle fuit la chaleur de cette pièce pour s'installer dans la cour avec ses amies. Arrivée au chœur final, j'augmentai le volume pour couvrir la « pachanga » qu'elles écoutaient à la radio, dans la cour. Et, surtout, j'éprouvai un grand besoin de me sentir bien enveloppée par la musique. Les yeux fermés, j'étais toute à « l'Hymne à la joie », quand Ndèye est entrée au salon. Furieuse, elle enlève le disque, le casse, puis me gifle, en vociférant sur « ma musique de cinglée ». Je n'avais jamais frappé personne, jamais été battue, sauf une claque de mon père à six ou sept ans, pour avoir cassé ma chaîne en or en me déshabillant. Elle s'était accrochée à ma robe. J'éprouvai le même étonnement, devant ce déchaînement de violence inutile. J'étais trop surprise pour réagir. Je suis restée longtemps dans mon fauteuil, n'arrivant pas à sortir de ma torpeur. C'était la première fois qu'elle osait me frapper. Awa lui donna raison, enfin à moitié. Elle lui dit :

— Tu as bien fait. Elle nous fatigue les oreilles, avec sa musique ; mais tu n'avais pas besoin de la gifler.

— Oui, c'est une pauvre innocente, il ne faut pas la frapper, tu vas la rendre méchante, renchérit Binta.

— Elle n'a qu'à « sortir sa méchanceté », et je lui réglerai son compte une fois pour toutes. Ce sera une bouche inutile de moins à nourrir, répondit Ndèye.

Je n'ai présentement encore rien arrêté de définitif. Malgré mon peu d'aptitude à la violence, je ne peux pas accepter cette gifle. Si je ne réagis pas, Ndèye prendra vite l'habitude de me frapper quand ça lui chante. Jusqu'ici elle se contentait de vagues menaces.

Binta ignore à quel point elle a raison : je vais devenir plus que méchante. Ndèye paiera très cher les deux ans d'insultes que je viens de vivre en sa compagnie sans desserrer les dents. Cette gifle n'est que la goutte d'eau qui fait déborder ma coupe de passivité et transforme ma patience en torrent impétueux.

Quinze heures

Je n'ai rien mangé depuis ce matin, ne voulant pas me trouver en face de mes « ennemies » autour du « bol » de midi. Sitôt le repas terminé, Ndèye s'est empressée de donner ce qui restait à deux jeunes « talibés » pour être sûre que je ne viendrai pas manger plus tard, comme je le fais quelquefois. La maison est calme. C'est l'heure sacrée de la sieste du dimanche. Awa somnole sur une natte, sous le manguier, avec deux des enfants. Diary a dû sortir.

Je n'avais plus écrit depuis fort longtemps et retrouve avec plaisir quelques règles de grammaire que je croyais à jamais oubliées. Je me laisse prendre par la magie des mots, je m'applique à former mes lettres. C'est tout de même une assez curieuse idée qui m'est venue depuis quelques jours, d'écrire un journal de ma vie. C'est une façon comme une autre de m'occuper et peut-être une bonne thérapeutique pour mes angoisses ; je me sens déjà plus sûre de moi. Il y a certainement des choses qui m'échap-

pent concernant le passé. Je suis restée si
longtemps silencieuse, vivant dans l'indifférence
des choses et des êtres. Aujourd'hui, ma seule
certitude est de renaître à la vie. J'écoute battre
mon cœur d'excitation, frémir le sang qui court
dans mes veines. Je ressens douloureusement un
besoin de tendresse, le printemps de mon corps
chante, espère peut-être en demain.

J'ai guetté Mamadou ce matin vers onze
heures, au moment où il peinait sur le démarreur de sa voiture. Ndèye se prélassait encore
dans sa chambre. Je ne lui avais pas adressé la
parole depuis deux ans.

— Ndèye a cassé le disque de Beethoven et
m'a giflée. Pour la gifle, tu ne peux rien faire.
Peux-tu me remplacer le disque ?... Tu connais
l'importance de cette musique dans ma vie.

Je lui débitai ma tirade d'une seule traite,
l'observant à la dérobée. Il me regardait intensément, avec son beau visage empreint d'étonnement. Je crus lire une certaine lassitude dans son
regard. Il secoua la tête, tira plus fort sur le
démarreur. Le moteur tourna. Sans me regarder, cette fois, il dit :

— Vraiment, je regrette. Je n'ai pas un franc
en poche, j'ai beaucoup de dettes. Je préfère ne
rien savoir de vos histoires de bonnes femmes.

Puis il est parti. J'ai regardé la voiture
s'éloigner, tourner à droite pour rejoindre la rue
principale ; alors j'ai regagné ma chambre, bien

déterminée à prendre ma revanche. Car, malgré
ses dettes, hier soir, comme chaque samedi, il
avait emmené Ndèye au cinéma, puis dans une
boîte de nuit. Il était probablement quatre
heures ce matin quand je les ai entendu rentrer.
Awa n'est jamais de sortie ce jour-là. Le samedi,
la soirée est spécialement réservée à Ndèye, la
femme officielle. La seule présentable, puisqu'Awa est analphabète, sans éducation euro-
péanisée ; et que moi, je suis folle et irrespon-
sable.

Pourtant Ndèye, l'élue moderne et intellectuelle, ne possède pas un grand savoir sous la
couche de ses vagues connaissances. Elle aurait
réussi à obtenir le parchemin envié de la fin du
cycle primaire, en copiant sur sa voisine Binta,
dit-on. Depuis, elle puise toute sa culture dans
les magazines et romans-photos pour midinettes
européennes. Elle aurait décidé depuis peu de
mettre sa science au service du pays, en
cherchant une place de secrétaire dactylographe
dans l'administration. Elle apprend à taper sur
une antique machine, héritage de l'ancienne
puissance coloniale, détournée d'un inventaire
et prêtée à long terme par un monsieur qui lui
avait aussi promis un poste dans son service.
Pour l'instant, les textes qu'elle tape comportent
autant de fautes qu'il y a de mots. J'espère
qu'elle sera engagée sans un essai préalable, car
cela lui serait préjudiciable.

Voici qu'en pensant à la « dame », elle apparaît. Pagne noué au-dessus de la poitrine, serviette sur l'épaule, madame va faire ses ablutions, puis va se parer comme une reine pour aller en visite avec Mamadou chez un de leurs bons amis. A moins qu'il y ait un baptême, car elle ne manque jamais ce genre d'assemblée. Je me demande si elle est vraiment invitée à toutes ces festivités. Il arrive qu'une amie vienne un matin lui dire : « Untel baptise aujourd'hui », pour qu'elle se drape dans un de ses grands boubous de cérémonie et accompagne l'amie, même si elle avait un autre programme ce jour-là. Comment Mamadou a-t-il pu prendre une telle femme sous son toit ?

Je regarde Awa, maintenant assise. Elle a retiré son mouchoir de sa tête pour le renouer en un geste gracieux. Ses cheveux tressés en forme d'ananas sont relevés au sommet et garnis de deux gris-gris. Plusieurs petits anneaux d'or s'accrochent aux pavillons des oreilles.

Elle a un visage aux traits fins et réguliers, une peau noire et saine qui n'a pas connu les crèmes et poudres bon marché, des mains aux doigts effilés. L'annulaire gauche porte un simple cercle de cuivre rouge torsadé. Elle est de taille moyenne et bien proportionnée. Elle est belle sans artifice. Je n'avais jamais eu le moindre ressentiment envers Awa, je n'arrive pas à comprendre pourquoi elle a approuvé l'attitude de Ndèye hier. Habituellement, elle ne se mêlait pas des querelles qui ne la concernaient pas.

Diary vient d'entrer avec deux camarades. Elles ont l'air particulièrement gaies, je crois qu'elles reviennent du cinéma. Ce devait être un film hindou : une des filles fait une démonstration de danse pour Awa. Toutes les trois parlent en même temps pour raconter l'histoire, ou tout au moins ce qu'elles en ont compris. Diary a rapporté des arachides pour ses frères. Elle leur rapporte toujours quelque chose quand elle sort.

Mamadou et Ndèye richement parée traversent la cour. Ils sortent sans un regard du côté de ma fenêtre, saluent Awa en passant. Le soleil s'en va vers d'autres matins. Je pose cahier et crayon jusqu'à demain, ferme mes volets avant l'arrivée des moustiques.

Lundi 28 août 1961

Après une nuit relativement mouvementée, je fus réveillée au petit matin par un véritable hurlement de bête qui m'arracha du cauchemar où je me débattais : quatre hommes masqués, le torse nu et velu, ricanant et se moquant de moi dans une langue que je ne comprenais pas, me tiraient par les bras et les pieds. Entre chaque cri, j'entendais la voix du muezzin, qui appelait les fidèles pour la prière de « fajar ». Je reconnus bientôt la voix d'Awa, les pas précipités de Mamadou et le trottinement de Ndèye traversant le salon, se dirigeant vers la chambre d'Awa, contiguë à la mienne. Je me levai, ouvris ma fenêtre. Les branches feuillues du manguier brillaient d'un éclat particulier dans le gris perle de cette aube naissante. Je quittai ma chambre et allai aux nouvelles.

Awa sortit, s'arrachant les cheveux, se roulant par terre, Ndèye s'efforçant de la soutenir, de la calmer. Arrivée dans la chambre d'Awa, je vis les trois enfants : Diary recroquevillée contre le mur, Oulimata tournant le dos à sa sœur dans le même lit, les yeux ouverts, sans vie ; Alioune, couché sur le dos, les jambes écartées et les bras en croix. Son visage était un beau masque souriant : il avait le nez pincé, les lèvres minces, la bouche légèrement entrouverte. Mamadou semblait avoir vieilli de dix ans. Il ne leva même pas les yeux lorsque je pénétrai dans la chambre. Je lui posai la main sur l'épaule en un geste affectueux. Il me la prit et, serrant mes doigts, me dit merci.

Je retournai m'enfermer dans ma chambre. Cachée derrière mes volets, je pus à travers les interstices suivre le déroulement des événements. Les voisins les plus proches étaient arrivés les premiers ; puis la cour fut vite envahie de curieux passant par-là, à l'affût de faits divers qui alimentent les conversations un certain temps. Les oncles et tantes de la rue Trente-trois arrivèrent très vite. Une voiture hippomobile déversa une cinquantaine de chaises, que l'on disposa tout autour de la cour, y compris sous ma fenêtre. Le portail ouvert laissait déborder le trop-plein de la foule sur le trottoir. Une ambulance des sapeurs pompiers emporta les corps. Vers midi, on servit de grands « bols » de riz. Ceux qui n'étaient pas rentrés chez eux se restaurèrent, devisant aussi joyeusement qu'à un baptême.

De nombreuses hypothèses étaient avancées concernant la mort subite des enfants : on parla de vers qui étouffent les enfants durant leur sommeil ; de « ounk » (sorte de lézard) qui souille la nourriture et peut empoisonner ; de poudre pour faire cailler le lait ; de regard maléfique des voisins et même de la co-épouse, en l'occurrence Ndèye, puisque je ne comptais pas. Certaines personnes, contentes de retrouver un vieil ami, discutaient de toute autre chose, s'informaient des nouvelles de parents et d'amis communs, de leur travail, commentaient les difficultés actuelles de la vie moderne.

Vers quinze heures, les hommes partirent pour l'enterrement. Les femmes égrenaient leur chapelet ou échangeaient quelques propos à voix basse. Un homme à la voix monocorde psalmodiait des versets du Coran.

Awa, assise sur une natte sous le manguier, entourée des femmes de la famille, avait un visage empreint d'étonnement. Une larme perlait de temps en temps de ses beaux yeux qui semblaient plus grands.

Enfin les hommes revinrent du cimetière. Ils rapportèrent les trois pagnes qui avaient recouvert le corps des enfants. Alors Awa éclata en un long gémissement qui me fit tressaillir. Malgré tout, je comprenais sa douleur, moi qui n'avais pas vu naître mon enfant, moi qui jamais n'enfanterai, arbre sans fruits, oubliée des humains et dont personne ne vint troubler la solitude ce jour-là.

La pénombre s'épaissit, je ne peux plus écrire. Ainsi va la vie. Un jour le souffle s'envole sous les ailes d'une brise légère, à l'aube d'un matin calme, et nul ne peut prévoir ce terme. Si un jour l'homme découvre ce mystère, il sera l'égal de Dieu et notre monde n'aura plus aucune raison d'être. Nous avons besoin de cette menace permanente pour nous rappeler qu'au-delà de l'homme existe un pouvoir absolu. Riches, pauvres, grands et petits, nous sommes tous des condamnés sursitaires. A demain, peut-être pour un nouveau sursis.

*
**

*Le craquement agaçant de l'électrophone
oblige Hélène à se lever pour changer le disque.
Elle choisit la Neuvième Symphonie de Beethoven en souvenir de cette jeune femme venue en
terre africaine souffrir un exil plus atroce que
celui qu'elle avait connu en Europe. La mort
étrange des enfants demeure pour elle un mystère.
Elle avait lu ce fait divers dans le quotidien du
pays qu'elle recevait pendant ses congés à son
adresse à Paris. On constate souvent des morts
subites d'enfants, qui peuvent s'expliquer par la
malnutrition et le manque d'hygiène rendant
fatale la moindre infection. Mais trois de la même
famille et en même temps...*

*Il y a quelques jours, Hélène déposait à
l'hôpital le cadavre d'un petit garçon qui, selon sa
mère, avait joué la veille comme d'habitude.
Celle-ci, ayant constaté une forte température et
une fixité anormale du regard, l'avait emmené à
la consultation du dispensaire. L'état de l'enfant
jugé sérieux, la sage-femme qui l'avait examiné
avait demandé à Hélène d'accompagner le jeune
malade à l'hôpital. Avant d'arriver à destination,
l'enfant mourut sans qu'on pût déterminer la
cause du décès. Il fut enterré quelques heures plus
tard. La famille n'avait pas cherché à savoir quel*

mal avait bien pu l'emporter. Allah le voulait,
Allah l'avait pris. Donc peu importaient les
causes naturelles ou surnaturelles de la mort.
Hélène ne se souvenait plus du diagnostic
supposé. Il lui venait toujours un sentiment de
révolte impuissante quand un enfant mourait
dans son service. Malgré bientôt vingt ans de
métier, elle ne s'habituait pas vraiment à la
souffrance des autres. Le whisky, les cigarettes,
les parties folles étaient une façon de s'armer
contre la pitié, de faire son travail, sans montrer
sa propre sensibilité.

A-t-elle commencé la lecture de ce journal au
moment opportun? Elle sent confusément que
cette lecture changera sa vie. Elle se trouve à un
tournant important. Pour la première fois depuis
de longues années, elle a sans contrainte cessé de
brûler les étapes, de gagner du temps. Lire
simplement une histoire vraie. Réfléchir, regarder
en arrière, remettre en question son attitude
habituelle. Elle découvre aussi qu'elle a une vie
bien vide. Volontairement elle fermait son cœur à
l'amour, à la pitié, par peur de la souffrance
morale et de ce fait vivait à côté de la vie. Quand
elle rencontra Ousmane, devinant sa réserve, elle
décida de le séduire pour s'amuser.

Jacques avait organisé un réveillon de Noël
chez lui; parmi les habitués, grands buveurs
d'alcool et noceurs, Ousmane faisait tache, étant
seul à boire du coca-cola. Jacques répondit à

*l'étonnement d'Hélène en lui présentant Ous-
mane. Elle lui avait pris les mains d'autorité pour
qu'il la fît danser. Elle s'était tellement frottée à
lui qu'à la fin du morceau, Ousmane était prêt à
se jeter sur elle. Elle le tint en haleine toute la
soirée, puis à l'aube elle disparut. Elle n'était pas
loin, elle était couchée dans le lit de Jacques.*

*Ousmane, la croyant partie, demanda son
adresse et se précipita chez elle. Elle le trouva
assis devant sa porte en rentrant, deux ou trois
heures plus tard. Elle le fit entrer, se doucher,
puis se coucher. La conduite d'Ousmane vis-à-vis
d'Hélène était comparable à celle d'un petit
garçon sage ; il n'avait même pas essayé de
l'embrasser. Puisqu'elle voulait qu'il dorme, il
ferma les yeux et la fatigue d'une nuit blanche
aidant, il s'endormit. Hélène, elle, travailla sur
quelques dossiers qu'elle apportait toujours à la
maison, puis alla le rejoindre. Dès qu'elle tira la
cloison mobile qui cachait le lit, il se réveilla.*

*— Excusez-moi, je ne pensais pas vraiment
dormir…*

*Elle le regardait comme quelqu'un qui s'apprê-
tait à dévorer un mets délicieux. Il se sentit
paralysé par son regard. Il n'avait jamais eu
affaire à une femme aussi fascinante. Elle défit
lentement le nœud qui fermait son déshabillé, qui
se répandit autour d'elle, tel un enchantement.
Elle répondit d'une voix sourde qui était un
chuchotement :*

— *Ne vous excusez pas.*

Ousmane se disait qu'il devait faire quelque chose, se lever, la serrer dans ses bras, l'embrasser. Pourtant il restait cloué dans ce lit, tous les muscles tendus et douloureux. Elle mit un temps incalculable pour franchir les deux mètres qui les séparaient, prit enfin toutes les initiatives.

Quand il la quitta, sa décision était prise : cette femme lui avait mis la tête à l'envers, et il ne pourrait plus se passer d'elle ; il allait donc l'épouser. Il se renseigna auprès de Jacques. Elle était libre. Deux jours plus tard, il lui demandait sa main, ce qui la fit rire aux larmes. Elle le trouvait vraiment bizarre, charmant. Elle lui dit que si elle avait voulu se marier, des dizaines d'occasions s'étaient déjà présentées avant leur rencontre. Il lui répondit alors avec tendresse :

— *Il vous manque quelque chose pour être une femme complètement épanouie. Je peux vous apporter cette petite chose : un enfant qui fixera un but à votre vie.*

— *Vous croyez ?*

Elle cessa de rire. Il l'avait touchée, plus profondément qu'il ne pouvait l'imaginer. Depuis quelque temps, Hélène éprouvait le désir d'avoir un enfant bien à elle. Elle avait déjà pensé à la possibilité de prendre avec elle un de ses nombreux neveux ou nièces, mais cette solution ne la satisfaisait pas entièrement.

Après quelques jours de réflexion, elle décida

d'épouser Ousmane. Physiquement, il lui plaisait et il avait un caractère doux. Elle était sûre de le dominer, donc elle ne courait pas un gros risque. A la première alerte, elle demanderait le divorce ; cette porte de sortie existait toujours.

Hélène avait la gorge desséchée par le tabac. Elle savait qu'elle avait assez bu et fumé et qu'elle devrait se coucher et dormir. Néanmoins, elle décida de lire ce cahier de notes jusqu'au bout. Si elle s'arrêtait, elle n'aurait peut-être pas le courage de revenir sur cette lecture. Elle avala une nouvelle gorgée de scotch, ferma les yeux un instant pour se laisser envelopper elle aussi par le chœur final de la Neuvième Symphonie de Beethoven. Elle ne l'avait jamais écouté avec un tel plaisir, et comprenait à quel point « l'Hymne à la joie » pouvait être réconfortant, pour cette jeune femme, isolée dans un monde qu'elle appréhendait mal. Hélène se sentait emportée comme un fétu de paille au gré du vent ; tout son être vibrait. Le disque terminé, elle arrêta l'électrophone et se remit à lire.

*
**

Mardi 29 août 1961

Ce matin, je n'ai pas pu ouvrir ma fenêtre à l'aube de lumière, mon premier geste habituel ; découvrir le ciel, humer une première goulée d'air frais avant la journée des vapeurs chaudes d'hivernage. La maison est toujours pleine de visiteurs : les parents du village sont arrivés hier soir, après la prière de *guéwé*. J'ai aperçu la mère de Mamadou et reconnu deux des sœurs d'Awa. La famille de Ndèye était là aussi « au grand complet ». Très tard, la nuit dernière, je me suis glissée dans la cuisine et j'ai fait provision pour aujourd'hui d'une bouteille d'eau et d'un bout de pain. La semi-obscurité de ma chambre et toute l'effervescence qui règne au-dehors rendent difficiles mes travaux d'écriture. Je voudrais bien rester couchée, la tête vide. Mille idées m'assaillent, des plus décousues aux plus sérieuses : « Où va-t-on après la mort ? Où sont les enfants ? Y a-t-il vraiment un paradis, un enfer, un purgatoire ? Il y a un être suprême au-dessus de nous, je le crois. Mais pourquoi, sur cette terre, certains ont-ils une vie très agréable, tandis que d'autres ne connaissent que le malheur, malgré un comportement droit et honnête ? Si ce sont encore les mêmes qui ont la meilleure place dans l'autre monde, nous serons bien trompés. Qui détient la vérité ?

Dans chaque religion, on trouve des fanatiques qui pensent qu'ils sont les seuls à posséder la clé du savoir et que les autres sont dans l'erreur, qu'ils ne seront pas touchés par la grâce de Dieu...

Suis-je devenue un être sans âme? Je divague, sans rime ni raison. La mort des enfants, après la minute d'étonnement, me laisse sans grande émotion. Je ne souffre pas de ne pas les voir. Peut-être n'ai-je pas encore réalisé que leur départ est définitif... Aujourd'hui, mes compagnons fidèles et seuls amis, les cafards, profitent de la nuit artificielle de ma chambre, se promènent sur les murs, volent à travers la pièce, s'entrecroisent sur la table de chevet, se disent bonjour sur mon pain, entrechoquant leurs antennes. Un hardi coquin me vole un baiser rapide et se sauve au-dessus de l'armoire. Je somnole, bercée par le bourdonnement des voix dans la cour. Je rêve. Alioune m'appelle « maman »; pour la première fois, je suis « maman ». J'ouvre les yeux. Je suis bien seule avec mes cafards. Alioune n'est plus et je ne suis pas maman.

*
**

Mercredi 30 août 1961, quatorze heures

J'ai profité d'une petite pluie fine tôt ce matin, avant l'appel du muezzin, pour me rendre à la cuisine. Un reste de couscous me permit de calmer ma faim. Puis, après un rapide passage à la douche, j'ai regagné ma chambre sans être vue. Deux personnes enveloppées dans des pagnes ronflaient sous le manguier, nullement gênées par la pluie, qui n'était du reste pas assez forte pour traverser l'abondant feuillage de l'arbre. Peu de temps après l'heure de la prière de *fajar*, j'entends des petits coups frappés à ma porte. J'entrebâille légèrement.

— Mamadou !

Ma surprise est sans mesure. Ses yeux rougis ont perdu leur éclat de malice habituelle, pour se voiler de profonde gravité.

— Chut !... Je sais que tu ne sortiras pas, avec tout ce va-et-vient. Je t'apporte de quoi boire et manger.

— Merci...

Je prends le paquet. Est-ce possible, voilà qu'il se met à penser à moi ! La mort des enfants l'a rendu sensible à la souffrance des autres. Je demande des nouvelles d'Awa et referme rapidement ma porte. Sa réponse me parvient à travers le bois.

— Elle est courageuse...

En réalité, je ne participais pas à leur douleur. Je me contentais de comprendre, d'imaginer leur chagrin. Mon cœur est usé, mes larmes taries depuis trop longtemps. C'est le troisième jour. La foule est encore plus dense et le vacarme assourdissant, les victuailles abondantes. Certains ont l'air de n'avoir rien mangé depuis plusieurs jours, à voir la fureur de leur appétit. Un jeune homme qui mangeait juste sous ma fenêtre demanda s'il s'agissait d'un baptême. Il n'était pas du quartier. En passant, il avait vu les grands bols de nourriture et s'était arrêté pour se restaurer. Les boubous paraissaient plus sombres dans l'ensemble, mais les bijoux étaient toujours voyants. Il va falloir que je dise à Mamadou que si je meurs dans sa maison, il se dispense de nourrir le peuple à cette occasion ; j'ai plus souvent fait jeûne et abstinence que bombance, dans ma vie. En outre, j'aurai besoin seulement d'un simple trou, dans un coin du cimetière, sans croix ni nom, puisque je suis déjà oubliée de tous. C'est tout de même étrange, de savoir qu'à ma mort personne n'aura une larme, car je n'existe déjà plus. Je suis une épave à la dérive dans le temps et l'espace. Peut-être parce que j'ai été conçue accidentellement un jour de Carême.

Un air de circonstance me vient à l'esprit. J'ai oublié les paroles, j'en imagine d'autres qui s'accordent à mon état :

Je suis une femme frustrée, déprimée
je n'ai pas de maison
Je suis une femme exilée, déportée
on me dit sans raison
Je suis une épave délaissée dans le vent
je n'ai plus d'illusion...

Jeudi 31 août 1961

Il faisait encore nuit, quand je me suis réveillée, moite de sueur, palpitante d'angoisse, surprise de me retrouver hors du puits où pendant mon sommeil je gisais inerte, vaincue par les vers qui rongeaient tout mon corps, pénétraient dans mes narines, ma gorge, pour ressortir par mes yeux. Je ne les voyais plus, je les sentais, leur grouillement m'avait paralysée. J'attendais la minute ultime où l'esprit bascule dans le néant, quand mes yeux s'ouvrirent sur la solitude de ma chambre. J'étais encore ici sur mon grabat.

Ne pouvant plus supporter la chaleur et l'obscurité, je décidai de prendre un peu d'exercice. Une fois dehors, je réussis à ouvrir le portail sans bruit. Je marchai jusqu'au chantier d'un groupe d'immeubles en construction dans notre quartier et ne croisai âme qui vive. Au retour, arrivée à cinq cents mètres de la maison, je me sentais en nage, essoufflée, le cœur en déroute, les jambes flageolantes. Je n'avais pas marché sur une si longue distance depuis des années. Le premier appel du muezzin me donna des ailes : je voulais rentrer avant le réveil de la maisonnée. Courant en clopinant, j'eus tout juste le temps de me glisser sous la douche, quand j'entendis la porte du salon s'ouvrir. Je fis couler l'eau sur moi, toute habillée, massai mes pieds endoloris, puis traversai la cour la tête baissée, sans me soucier des regards qui se posèrent sur moi. Il me semblait qu'il y avait quelqu'un qui priait, je ne saurais dire qui... Probablement un des parents du village, arrivé l'autre soir. Personne ne s'inquiéta de moi, personne ne vint me saluer. Ils sont d'ailleurs repartis dans la matinée avec Awa.

Je n'ai pas compris pourquoi Awa est partie. Je me sens frustrée et solitaire, plus que jamais. Awa et les enfants étaient les seules personnes de la maison à qui je parlais... Enfin le calme est revenu, je peux ouvrir ma fenêtre pour quelques instants. Il doit bien être quinze heures. Je pense qu'il n'y aura pas de visiteurs avant ce soir : Mamadou est parti travailler ; Ndèye a quitté la maison, en même temps que lui. La petite bonne fredonne devant un imposant tas de linge sale qu'elle devra laver avant le soir. La tante Khady, assise sur une natte, égrène son chapelet, marmonnant ses Surates. Elle fait sa prière de *tisbaar*. Elle me rappelle Awa, que j'ai vue cinq fois par jour, pendant près de quatre ans, à la même place, louant Allah. Le silence et le vide autour de moi sont d'autant plus pesants que les trois jours précédents il y avait foule.

Sa prière achevée, je toussote pour attirer l'attention de la tante. Elle me sourit. Elle a toujours été bonne pour moi. Je lui adresse un salut de la main et lui pose la question qui brûle ma curiosité depuis ce matin.

— Pourquoi les parents ont-ils emmené Awa ?

— Pour la consoler, lui changer les idées. Ici, elle n'a personne. Toi, tu es malade ; Ndèye n'est pas bonne pour elle ; Mamadou, c'est un homme...

— Est-ce qu'on sait de quoi sont morts les enfants ? demandai-je encore.

— C'est la volonté d'Allah. Il donne les enfants et les reprend quand il en a besoin. Nous devons respecter sa volonté.

Ce fatalisme m'a toujours étonnée. Je sais que dans ce cas précis, Allah n'est pas seul en cause... Et ma folie, qui l'a voulue ? Si toutefois je peux être considérée comme folle. Pour l'instant je ne suis ni la folle du village, ni la folle du quartier. Ma folie est la propriété très privée de la maison de Mamadou Moustapha et plus particulièrement de Ndèye, son épouse préférée et troisième du rang. Cette chère Ndèye ne perd rien pour attendre. Je la prépare, ma vengeance, comme un plat délicat. Après l'avoir soigneusement apprêtée, relevée, épicée, lentement, très lentement, posément je la dégusterai. Ce sera mon dernier repas et ma folie s'envolera.

Vendredi 1ᵉʳ septembre 1961

Après avoir entr'aperçu le ciel — bosselé d'épais nuages annonciateurs d'ondée bienfaisante — et lancé mon ultime prière du jour, c'est sur Mamadou que bute mon regard. Mamadou se prosternant, bras levés, le visage empreint de la sérénité d'une foi nouvellement retrouvée. C'est la première fois que je le vois dans cette posture. «Heureux celui qui croit en Dieu, il sera consolé.» Je constate avec plaisir que l'athéisme et le whisky de Mamadou n'ont pas survécu à l'épreuve... Sa prière achevée, il s'avance jusqu'à ma fenêtre.

— Bonjour, «ma belle».

Ma bouche s'ouvre d'ébahissement, je me

pince pour me réveiller. Je rêve, assurément.
C'est ainsi qu'il m'appelait tout au début de
notre union. C'est si loin ! Même mon prénom,
Juletane, parce que mon père se prénommait
Jules. Personne ne l'avait prononcé en ma
présence depuis des années. Je suis « la folle »

— Oui, c'est vers toi que je viens dans ma
détresse. Je ne savais pas ce qu'étaient la
souffrance, le malheur de perdre ce que l'on
possède de plus cher. Ma vie jusqu'ici comblée,
c'est la première fois que j'éprouve douloureusement mon impuissance. Je comprends, aujourd'hui, l'étendue du mal que j'ai pu te faire
en t'abandonnant à ta misère morale. J'espère
qu'un jour, tu me pardonneras. Que puis-je
faire pour que tu me pardonnes ?

— Rien... Je ne demande rien... Ou si...
Répudie Ndèye, c'est elle la source de tes
ennuis... C'est tout ce que je veux. Tu es ma
seule famille, Awa n'est pas mauvaise...

Ma réponse le surprit visiblement. Il ne dit
rien, s'éloigna, son tapis de prière tout neuf sous
le bras...

Ndèye aussi semble avoir reçu un sérieux
choc. Elle n'a pas crié sur la petite bonne comme
elle le fait habituellement ; elle ne m'a pas jeté
son regard cruel et méprisant ; elle n'a même pas
regardé en direction de ma fenêtre. Elle a
préparé le repas avec une de ses sœurs, m'a fait
appeler à l'heure du déjeuner et, autour du bol,

elle a mangé très silencieusement et s'est levée avec peine, en soupirant.

Mamadou, lui, a pris son repas de midi au salon autour d'un autre bol avec quelques amis. Puis ils sont partis pour la mosquée assister à la grande prière du vendredi. Dieu est grand. Il n'y a qu'un seul Dieu et Mohamed est son prophète...

Ma pensée est toute à ma sœur Awa. Me manque t-elle ?... C'est vrai que nous aurions pu être une grande et belle famille. Pour cela, il aurait fallu que je sois également née dans un petit village de brousse, élevée dans une famille polygame, dans l'esprit du partage de mon maître avec d'autres femmes. Bien au contraire, je ne suis de nulle part et mon prince charmant, je l'avais rêvé unique et fidèle. Il devait être tout pour moi, moi tout pour lui, notre union aussi solide qu'une forteresse construite sur un rocher. Mais, à la première tempête, je me suis retrouvée nue au fond d'un abîme de solitude, pataugeant dans la boue. Il est vrai que la vie est faite de joie et de peine, de pleurs et de rires. Cependant la mienne est faite uniquement de larmes de sang. Puisse-je la vivre longtemps, assez longtemps, pour voir la chute fatale de cette demeure où vécurent mes dernières illusions ?

La chaleur est à son point culminant. Le soir amènera sûrement un grand nombre de visiteurs

et me cloîtrera dans ma chambre. Aussi j'aban-
donne mon cahier pour une douche salutaire.

Dix-neuf heures

Comme je le prévoyais, le défilé a commencé.
Ce n'est pas la foule des jours précédents.
Simplement un va-et-vient d'une ou deux personnes à la fois toutes les cinq minutes.
Mamadou se tient au salon pour recevoir les
condoléances. Awa, les trois premiers jours,
avait préféré sa place habituelle sous le manguier, en face de ma fenêtre. J'avais pu suivre le
déroulement des événements : chaque personne
arrivait en disant : « Siggil ndiggaale », en guise
de salut, et toute la famille répondait en chœur :
« Siggil sa wall ». Aujourd'hui je n'aperçois que
des silhouettes allant du portail vers le salon et
repartant quelques instants plus tard.
Les visages des visiteurs ont tous la même
expression interrogative à l'arrivée ; puis au
départ, une certaine satisfaction du devoir
accompli, avec pour certains un soupir ou un
« hélas ! » ressemblant à une sorte de conjura-
tion, plus qu'à une plainte. Malgré l'entrebâille-
ment de ma fenêtre, personne ne regarde en ma
direction. La petite bonne, pour une fois
apparemment désœuvrée, debout au seuil de la

cuisine, répond en écho aux salutations, à l'arrivée et au départ des visiteurs.

Samedi 2 septembre 1961

Je suis au théâtre du palais, au cours d'une soirée de gala. Le spectacle est un french-cancan endiablé et tout le monde apprécie beaucoup les dentelles des danseuses. Mamadou se lève pour applaudir, alors la salle se transforme en un supermarché. Je prends un panier pour faire des courses, me rappelle que je n'ai pas d'argent et lâche le panier métallique. Le bruit qu'il fait en tombant se confond avec le portail qui s'ouvre... Les applaudissements étaient les coups frappés à la porte. Une voix étrangère, puis celle de Mamadou et des bruits de pas m'arrachent à mon rêve et me plongent dans la réalité de ce jour naissant. J'ouvre ma fenêtre. Un des jeunes frères d'Awa se tient debout, sous le manguier, près de Mamadou.

— Que se passe t-il ?

— Awa s'est jetée dans le puits de notre champ, la nuit dernière, répond Oumar, le frère d'Awa.

— Un malheur n'arrive jamais seul.

C'est ce que je murmure, pour moi, plus que pour les autres.

Mamadou me lance un regard interrogateur et désespéré. Il ne comprend pas ce qui lui arrive : perdre ses trois enfants et sa première femme en moins d'une semaine...

La vie est une «roue de la chance», elle tourne, personne ne sait quand elle s'arrête. Si un homme pleure, pleurez avec lui, car si vous riez, votre rire peut se transformer en lamentation au prochain arrêt de la roue. Ainsi d'autres riront de vous... Je comprends le chagrin d'autrui, mais, Dieu! pardonnez-moi de ne pas mêler mes larmes à celles de Mamadou. J'ai si souvent pleuré seule à cause de lui.

Cette journée défile, long ruban d'ennui. La maison a perdu son animation habituelle. Pas de cris d'enfant, plus de silhouette d'Awa évoluant entre le manguier et la cuisine. La petite bonne ne fredonne pas au rythme de son balai furetant dans les recoins de la cour. Mamadou est parti pour le village avec Oumar, le jeune frère d'Awa. Les parents de la rue Trente-trois, les sœurs de Ndèye, ainsi que la plupart des amis de Mamadou sont probablement partis aussi. Quelques visiteurs, surtout des femmes qui ont appris la nouvelle, passent voir Ndèye. Binta et Astou sont venues vers quinze heures, pour peu de temps, car elles se rendent à un baptême.

Partagés donc, entre le décès d'Awa et les diverses cérémonies d'un samedi en ville, la famille et les amis de la maison sont tous occupés. Ndèye est bien obligée, par la force des choses, de rester seule en ma compagnie.

Aujourd'hui, pas de fauteuil sous ma fenêtre, pas de bière, ni de «pachanga», ni de cinéma ce soir, le tout suivi de tournées dans les boîtes de nuit. Une vie bien austère pour Ndèye. Elle porte un boubou sombre, a réduit sensiblement le volume de ses bijoux. Néanmoins, elle a conservé son maquillage étonnant, qui consiste en deux grands traits de crayon, remplaçant les sourcils, allant se perdre dans sa perruque des grands jours. Je me suis toujours demandée d'où venait cette mode, que Ndèye n'était pas seule à suivre. Ses perruques aussi étaient plus curieuses les unes que les autres, quant à leur forme ; pour le reste, on percevait aisément l'artifice de la matière fibreuse qui remplaçait les cheveux...

Ndèye a l'air très préoccupé. Je ne pense pas que la disparition d'Awa soit la seule source de son tourment, bien que son avenir d'épouse préférée soit sérieusement compromis, car elle n'a pas d'enfants. Mamadou prendra une autre femme plus jeune, et elle perdra ainsi ses privilèges. Mais le fait de ne pas assister à un baptême où elle ne pourra faire étalage de ses bijoux doit beaucoup la chagriner... Si je continue à m'attendrir, je risque de pleurer sur le sort de cette pauvre Ndèye, alors qu'approche l'heure de ma vengeance. Je n'ai du reste plus de larmes. J'ai découvert la haine et ce sentiment me passionne autant que mon amour de jadis.

Oui, je fus belle, amoureuse. Aujourd'hui, je me suis regardée dans un morceau de miroir : mes cheveux, que j'avais coupés, semblent n'avoir jamais repoussé, ou bien les ai-je recoupés récemment ? Ils ont une teinte poussiéreuse. Une longue cicatrice en diagonale sur mon front, souvenir de ma première dépression, lors du troisième week-end de Mamadou au village auprès d'Awa. Je croyais que le monde s'était arrêté à ce moment-là, que l'avenir ne pouvait pas se concevoir sans l'amour fidèle et exclusif de Mamadou. Mes yeux trop brillants reflètent un je ne sais quoi de froid, d'inquiétant ; mes pommettes saillent au-dessus de mes joues creuses ; ma peau est terne. J'ai une tête de désespérée, d'affamée. Non de pain, mais d'une présence, de tendresse, de douces caresses. Dieu ! qu'est devenue cette jeune femme souriante et heureuse de vivre que j'étais ? Il y a eu cinq années écoulées, cinq années d'humiliation, d'indifférence, de mépris des autres pour cette étrangère sans famille que je suis. Ma conscience des faits est très lucide. Suis-je arrivée au bout du calvaire que fut ma vie dans ce pays ?

Dix-huit heures trente

Le vent est d'une violence incroyable et effeuille le manguier. J'espère qu'il chassera les moustiques. Il pleuvra certainement cette nuit.

La cour est déserte, Ndèye doit être dans sa chambre ou dans la cuisine avec la bonne. Elle sera seule pour le repas du soir. Je ne voudrais pas me retrouver en tête à tête avec elle. De plus, je n'ai aucune confiance en ce qu'elle pourrait me faire avaler. Je la crois capable de tout...

Je m'étais habituée à une certaine monotonie des jours dans cette maison où Awa et les enfants représentaient un lien avec le monde extérieur. Maintenant qu'ils sont partis, une nouvelle étape a été franchie. Une cohabitation, même provisoire, avec Ndèye et Mamadou, me serait insupportable. Je dois trouver une solution finale, et dans les plus brefs délais. Ndèye est la pierre d'achoppement qui se dresse sur le sentier déjà tortueux de ma vie, je dois faire rouler cette pierre afin de dégager l'horizon. Alors, comme autrefois, pleine d'excitation, le regard tourné vers l'avenir, je pourrai me dire à moi-même : « A demain pour un jour nouveau. »

*
**

Dimanche 3 septembre 1961

Tout est calme ; il fait encore nuit, le muezzin n'a pas appelé les fidèles à la prière. Trop d'idées trottent dans ma tête ; je me sens un peu fiévreuse, c'est probablement la chaleur. La pluie qui menaçait hier soir n'est pas tombée. J'ai pris l'ampoule de la douche pour remplacer celle de ma chambre qui était grillée. J'aurais dû y penser plus tôt. Enfin je peux écrire sans ouvrir ma fenêtre, surtout sans attendre qu'il fasse jour. La mort d'Awa est dans l'ordre des choses, bien que je ne m'y sois pas attendue. Je me rends compte que je l'avais sous-estimée ; je ne la croyais pas capable de tant de détermination et de courage. Il est bien plus facile d'ôter la vie à autrui que de se détruire soi-même. S'il reste une petite lueur d'espoir enfouie au fond de l'être, on surmonte les peines les plus profondes. Elle pouvait avoir d'autres enfants. Elle était la seule personne de cette maison qui priait et respectait les principes de l'islam. Mais, hélas ! sa foi n'a pas résisté à l'épreuve cruelle.

Ce qui me surprend par-dessus tout, c'est que la mort des enfants ait été acceptée avec tant de fatalisme par le reste de la famille. Allah les voulait, Allah les a pris, m'a dit la tante. Pas d'autopsie, pas d'enquête policière. A moins qu'elles ne soient faites à mon insu...

J'ai la gorge sèche, la tête en feu. Je vais à la cuisine, j'ouvre le réfrigérateur. Je reçois en plein visage l'odeur caractéristique du mélange que constituent les diverses sauces conservées là, malgré la présence du morceau de charbon de bois, qui, dit-on, absorbe les mauvaises odeurs. Ce morceau de charbon, il faut l'avouer, était placé là depuis un certain temps déjà et ne pouvait guère absorber quoi que se soit. Je bois à même le goulot de la bouteille. Ce n'est pas dans mes habitudes. Je veux justement rompre avec ma routine de tous les jours...

Mon regard se porte sur un couteau, un beau et long couteau que Mamadou avait acheté à la dernière fête de tabaski, pour le sacrifice du mouton. Mamadou est un bon musulman, il est polygame et fête la tabaski.

Ce jour-là, il va à la mosquée, tue son mouton, en distribue une bonne part, et les restes sont transformés en délicieuses brochettes qu'il déguste arrosées des meilleurs vins. En somme, il respecte les deux aspects les moins contraignants de l'islam. Pendant le Ramadan, il ne peut pas jeûner, parce que son ulcère à l'estomac, de circonstance, l'oblige à manger à des heures régulières...

Comme hypnotisée, je prends le couteau. Le bout est bien pointu. Dans un coin de la cour, je frotte la lame sur une pierre qui a souvent servi à cet usage. Je me rends dans la chambre de

Ndèye ; elle dort bien profondément, comme toujours. J'attends que mes yeux s'habituent à la pénombre. Elle est couchée sur le côté droit et recouverte jusqu'à la taille. Ses gros seins nus sont découverts. Je calcule un instant l'emplacement du cœur sous un amas de graisse et je plonge, tenant le couteau des deux mains. La lame pénètre jusqu'à la garde, taillant son passage entre deux côtes. Tout son corps tressaute avec un mouvement convulsif...

Je sens un liquide tiède sur mon pied gauche. Elle urine entre ses cuisses. Après un temps qui me paraît assez long, elle ne bouge plus. J'enlève l'oreiller, ouvre la fenêtre. Son visage s'est transformé en un masque hideux aux yeux vitreux. Je me rends alors dans la chambre d'Awa où Mamadou a préféré passer la nuit pour mieux se souvenir de ses chers disparus. Je prends soin de frapper à la porte avant d'entrer. Il est couché sur le dos, les deux mains sous la nuque.

— Bonjour, Doudou.

— Bonjour...

— Je t'étonne, n'est-ce pas ?... N'ai-je pas le droit de rendre visite à mon époux ? Ne sommes-nous pas unis pour le meilleur et pour le pire ? J'ai été si longtemps délaissée...

Son regard est une douce caresse sur ma peau tendue d'impatience. Je m'approche lentement du lit, m'assois, me penche sur son visage. Il me prend dans ses bras.

— Tout peut recommencer, si tu le désires, dit Mamadou.

Pour toute réponse, je m'incline un peu plus sur lui. Je suis heureuse. Je pense à Ndèye que Mamadou va découvrir morte, elle aussi. Je tiens ma vengeance. J'éclate de rire en pensant à tout ce beau sang rouge qui s'échappe de la poitrine de Ndèye. Ndèye, enfin muette. Elle ne m'insultera plus, elle ne me frappera plus. Quelle belle farce, la préférée de Mamadou hors du circuit !

— Viens, Doudou, écoute-moi attentivement... Non... Rien...

Je ne peux plus arrêter de rire, j'en pleure. Il saura bientôt l'étendue de son malheur. Et la mort des enfants. Qui est responsable de leur mort ?... Ne m'avait-on pas prescrit des gouttes ? Que Mamadou devait lui-même me faire prendre, et qu'il fallait tenir hors de la portée des enfants ?.. Bien sûr, Mamadou me les avait laissées en me disant « pas plus de dix gouttes, n'est-ce pas ». A ce moment-là il pensait que si j'avalais le contenu du flacon, je résoudrais mon problème. Ce médicament a pu régler autre chose...

Voici les enfants. Ils sont revenus tous les trois, font la ronde autour de moi et m'entraî-

nent par la main. Nous sautons, dansons, rions.
Mon rire s'achève en quinte de toux. Je reprends
pied dans la réalité. Je suis allongée par terre sur
le ciment crasseux de la cuisine. Suis-je tombée ?
Me suis-je couchée ?...

Le couteau est toujours à sa place... Mamadou est au village pour les obsèques d'Awa.
Ndèye doit dormir encore. Je me sens toute
fébrile, j'ai chaud, je transpire à grosses gouttes.
Puis froid, froid jusqu'aux os. Je claque des
dents. J'allume le feu pour me faire du thé. La
vue de la flamme me réchauffe. J'ai peur, ma
tête est comme une énorme chaudière où
bouillonnent mille idées explosives. L'une
d'entre elles jaillit comme un éclair du magma,
domine bientôt toutes les autres. Je suis fiévreuse d'excitation... Heureuse maison où rien
ne ferme à clé, ni la cuisine, ni la chambre de
Ndèye. Malheureuse Ndèye qui dort comme un
loir. Heureux dimanche où nous sommes
seules...

Me revoici au fond du puits. Je ne suis plus
seule, mes yeux s'étant habitués à l'obscurité ;
j'ai trouvé un passage qui mène dans une sorte

de galerie. Après avoir rampé le long d'un long boyau, je suis arrivée au bord d'une rivière souterraine où régnait une grande activité silencieuse. Des hommes et des femmes se lavaient, ou étaient assis sur les pierres, les pieds dans l'eau. Tous avaient l'air heureux et souriant, comme des gens arrivés à une halte après une longue marche. Personne ne parlait. Je plongeai dans l'eau pour essayer d'enlever toute la boue du puits qui collait à ma peau et mes vêtements. Je nageai un moment sous l'eau. Quand je ressortis, j'avais cette impression de propreté et de repos que je lisais sur le visage des autres.

— Où sommes-nous ? demandai-je à la jeune femme la plus proche de moi.

— Chut ! pas si fort, il ne faut déranger personne. Chacun ici fait son voyage intérieur et se retrouve où il veut. La terre n'est qu'une étape, où l'on passe, le corps de l'homme est poussière. Seul l'esprit est génial et divin. On se lave, car il faut garder propre l'enveloppe qui renferme l'âme, afin qu'aucune impureté ne trouble la réflexion. Tous ces gens réunis au bord de cette rivière sont arrivés là, exténués et sales, venant d'horizons divers. La seule chose qui les unit, c'est leur hypersensibilité, écorchée par toutes les méchantes aspérités de ce monde au-delà de la rivière.

— Je me sens calme et reposée, cette eau est

si fraîche... Peut-on retourner un jour dans l'autre monde d'où nous venons?...

— Certains y retournent et y vivent très mal. Cela demande beaucoup de force, de courage. Ils sont souvent déçus et reviennent parmi nous. Ici, la vie est facile, il suffit de laisser cheminer ses pensées et de vivre son moi intérieur intensément.

— Je pense que j'aimerais bien y retourner. Je ne sais plus pourquoi, mais il semble qu'il y a quelqu'un que j'aimerais revoir...

— Bien, je te laisse. Profite bien de ton « moi » le plus intime. Ceux qui sont de l'autre côté de la rivière nous méprisent. Ils disent dans leur jargon que nous sommes fous. Regarde nos amis, leur visage ne reflète que sagesse et bonté.

On m'appelle de l'autre côté de la rivière. Quelqu'un me parle. Il me semble que je connais cet homme. J'ai du mal à me rappeler dans quelle circonstance je l'ai connu. Il me prend la main. Je traverse une cour que je connais bien, il y a un arbre. Nous sortons. Il me fait monter dans une voiture avec beaucoup de douceur. Il est beau et je pense que c'est un homme que j'aime. Je lui demande son nom. Il me répond : «Je suis Mamadou, ne t'inquiète pas, tout ira bien.»

Nous traversons la ville. Il y a beaucoup de lumières, des maisons avec plusieurs étages, des voitures, des vélomoteurs. Quelquefois, la voiture s'arrête et des gens traversent. Ils ont l'air très pressé. Arrivé devant une enseigne lumineuse, Mamadou freine, se penche à la portière, parle à un homme en uniforme qui soulève une barrière. La voiture roule lentement, tourne plusieurs fois, puis Mamadou stoppe le moteur devant un bâtiment tout en longueur et m'aide à descendre. Nous traversons un long couloir pour arriver à une véranda.

En face, il y a une cour et des cases. Une dame m'aide à me coucher sur un lit, dans l'une des cases. Elle me fait ensuite une piqûre, disant que cela me fera du bien, que je vais dormir...

Je ferme les yeux. Mamadou est près de moi. Je porte une jolie robe toute blanche. Un homme, debout en face de nous derrière une table, nous parle. Il pose une question à Mamadou, qui dit oui. Il s'adresse ensuite à moi. Je réponds aussi : oui. Alors Mamadou me prend la main gauche, avec beaucoup de gentillesse. Lentement, il glisse à l'un de mes doigts un anneau d'or (symbole d'union, gage d'amour, promesse de fidélité, assurance de bonheur), puis m'embrasse. D'autres personnes :

des hommes, des femmes, Blancs et Noirs, m'embrassent, me parlent. De leur voix de cristal ruissellent des vœux, doux comme le miel. Je me sens très heureuse. C'est le plus beau jour de ma vie, le prélude d'une symphonie d'amour sans fin.

Un léger brouillard nous enveloppe, des visages défilent devant mes yeux, puis disparaissent, engloutis. Mamadou m'entraîne. Nous valsons, pris dans le tourbillon et je me laisse emporter par la brume bienfaisante. Je m'endors apaisée.

Mardi 5 septembre 1961

Je suis à nouveau à l'hôpital, dans une case. Je suis très calme et lucide. J'ai retrouvé mon cahier : il ne reste que deux pages blanches. Je l'avais caché autour de ma taille, sous ma robe. Je dois achever mon journal, c'est le seul héritage que je lègue à Mamadou. J'espère qu'il le lira et comprendra combien il avait été éloigné de mon rêve. L'infirmière m'a regardée tout à l'heure, feuilletant mon cahier ; je lui ai souri, elle est partie rassurée...

Dimanche dernier, je me suis rendue dans la cuisine. Après avoir imaginé l'assassinat sanglant de Ndèye en regardant le couteau, je saisis la première idée qui surgit de mon cerveau en ébullition. Je versai un litre d'huile dans une casserole et la fis chauffer. Ma première idée de vengeance concernait la vie de Ndèye. Tout compte fait, il valait mieux qu'elle vive défigurée. Que toute sa vie, elle puisse repenser au mal qu'elle m'avait fait. D'autant plus que je n'avais pas trouvé le moyen de la supprimer. Avec le couteau et tout ce sang, je n'aurais pas pu... Munie de ma casserole d'huile bien chaude, je me rendis dans la chambre. La porte grinça, Ndèye ne bougea pas. Elle était couchée sur le côté, la face tournée vers le mur. Je voulais son visage en entier et les yeux ouverts. Je l'appelai, la touchant à l'épaule d'une main. Quand elle ouvrit les yeux, se demandant ce qui se passait, l'autre main que j'avais gardé cachée derrière mon dos lui versa tout le contenu de la casserole en pleine figure. Elle poussa un hurlement de bête écorchée et fit un bond de son lit. Je pus facilement l'éviter, car elle ne pouvait plus voir. Je sortis et m'enfermai dans ma chambre. Ndèye, en tâtonnant, se dirigea vers le portail. Une voisine l'accompagna jusqu'à l'hôpital. Je ne l'ai pas revue depuis. J'espère qu'elle survivra assez longtemps pour se souvenir.

La petite bonne arriva, les curieux rentrèrent

chacun chez soi. Peu de gens connaissaient mon existence. Je restai prostrée toute la journée, avec des périodes de lucidité. Le soir, Mamadou arriva avec son oncle ; ils avaient été informés. Je me souviens lui avoir dit, répétant plusieurs fois les mêmes mots : « Elle m'a battue, Dieu l'a punie ; je ne l'ai pas touchée. » Je croyais ce que je disais, ayant passé la journée à me répéter que j'étais innocente de tout crime, victime d'un destin que je ne maîtrisais pas. Mamadou m'accompagna donc ici. On me fit une piqûre et je passai une nuit calme.

Hier, je n'avais pas l'esprit clair. Une brume légère enveloppait tout ce qui m'entourait ; néanmoins, je pus distinguer au-dessus de moi une lueur lointaine qui laissait deviner les rebords d'un puits. Une mélodie langoureuse courait dans mes veines, entraînait tout mon être dans un balancement harmonieux. Une douce senteur, remontée du fond des âges, me rappelait les parfums d'un paysage d'émeraude. Chuchotait encore à mon oreille une source de limpide fraîcheur. Alors je compris cet appel, qui depuis des années me trottait à l'esprit : « Reviens dans ton île. »

Aujourd'hui, j'attends Mamadou. Il viendra certainement ce soir. Je lui donnerai ce cahier, confident et aussi témoin... Il y a beaucoup d'ombre dans ma mémoire et des faits que je ne

peux pas expliquer. Ai-je quelquefois réelle-
ment perdu la tête ?

Je n'avais pas prévu la mort d'Awa. Le
dimanche vingt-sept, au souper, nous man-
geâmes une bouillie de mil préparée par Awa.
Elle but, se leva, me laissant seule avec les
enfants. Ai-je versé le contenu du flacon de
barbiturique dans la timbale d'eau des enfants ?
Ou ai-je laissé le flacon à portée de leur main ?
Je ne me souviens de rien...

J'avais pris le flacon dans l'intention d'absorber quelques gouttes, comme je le faisais parfois
pour avoir une nuit calme. Je le retrouvai vide,
dans la poche de ma robe, le lendemain de la
mort des enfants. Incapable de m'expliquer
comment il se trouvait là. Il avait pu être mal
rebouché et se vider tout seul... Je préfère cette
dernière solution. Je n'aimerais pas me savoir
responsable de la mort des enfants, je les aimais
bien, je ne leur voulais pas de mal. Cependant
leur disparition ouvrait une brèche dans la
cuirasse d'indifférence de Mamadou.

Il y a quelques années, au moment d'emmé-
nager dans notre demeure actuelle, la maison

d'Awa, Mamadou fit cimenter toute la cour.
« Ce sera plus propre et plus facile à entretenir
que le sable », dit-il. Il fit planter au milieu un
manguier, déjà assez grand. Chaque jour Awa
l'arrosa, ajouta régulièrement du fumier. Le
manguier poussa rapidement. Après deux hiver-
nages, il avait déjà un beau feuillage touffu et
nous pouvions profiter de son ombrage. Il eut
rapidement des fleurs. Jusqu'à ce jour, il ne
donna aucun fruit, alors que d'autres arbres plus
chétifs du voisinage portent des mangues.
Dernièrement, Awa m'a dit que ce devait être
un manguier stérile — son regard me disait :
« comme toi » —, et que finalement elle regrettait tous ces soins donnés pour rien. Mamadou
n'avait pas eu la main heureuse, dans les deux
cas. J'étais aussi cet arbre sans fruits, cet arbre
sur lequel mon regard s'est porté chaque matin,
pendant un nombre incalculable de jours. Je
pensais que jamais rien en dehors des saisons ne
viendrait changer le rythme de notre petite vie
étriquée, autour d'un manguier. Mais que peut
l'homme contre la marche du temps ? Nul ne
peut dire : « Demain je ferai, ou ne ferai point. »
Toute la mémoire du monde gravée dans la
pierre, ou bien tracée sur des parchemins
vierges, ne peut empêcher que le cœur des êtres
humains soit fait d'oubli. Si quelquefois ma
raison a vacillé, à qui la faute ? Une phrase lue
autrefois me vient à l'esprit : « Celui qui fabri-

que un monstre de douleur ne doit pas s'étonner
d'être un jour détruit par lui. » De qui étaient
ces paroles, dans quel livre les ai-je lues ?
Etais-je ce monstre de douleur ? Je ne sais. La
seule vérité, pour moi, est que j'ai enfin trouvé
sous la glaise des parois la faille qui m'a permis
de sortir du puits.

Mercredi 6 septembre 1961, seize heures trente

J'ai obtenu d'une infirmière quelques feuilles
de papier, ce qui me permettra de continuer à
écrire. Il a plu toute la nuit dernière. Ce matin,
au réveil, un rideau de pluie masquait l'horizon.
J'ai pu sortir de ma chambre vers neuf heures.
Quelques malades déambulaient d'un bout à
l'autre de la véranda. Je me rendis au bureau des
infirmières, où tout un groupe de femmes
devisaient ou divaguaient joyeusement, en pre-
nant les divers médicaments sous le regard
attentif, mais bienveillant, de deux infirmières.
Une des malades avec qui j'avais échangé
quelques mots la veille, me suivit jusqu'à ma
chambre pour bavarder. Elle s'appelle Oumy.
Son mari, me dit-elle, l'avait enfermée pendant

deux ans dans une chambre et vivait avec une
autre femme. Souvent on oubliait de lui donner
de la nourriture ; alors elle criait, frappait à la
porte. On disait qu'elle était folle et un jour on
l'emmena ici. Elle parle bien le français et me
paraît une personne très agréable. Ma connaissance de la langue nationale est restée très
approximative, mais je peux quand même
échanger quelques propos avec les autres malades, plusieurs d'entres elles parlant un peu le
français. Certaines sont accompagnées d'un
parent. Toutes me semblent victimes de l'é-
goïsme d'un monde qui les écrase sans ménage-
ment.

La vie ici est pour moi un progrès, par rapport
à la solitude et à l'hostilité dans lesquelles j'ai
vécu pendant ces deux dernières années chez
Mamadou. Les infirmières sont toutes souriantes et aimables. On les distingue à peine des
malades et des parents, car elles ne portent pas
de blouses. Je suis bien heureuse d'être seule
dans ma chambre. C'est une case ronde,
couverte de paille ; le lit est à gauche en entrant ;
à droite, une table sous une fenêtre et deux
chaises. Derrière un rideau fleuri, un lavabo
avec un miroir.

C'est un jeune et sympathique médecin qui
est venu me voir hier. Notre conversation ne
ressemblait en rien à l'interrogatoire du médecin
que `j'avais vu quelques années plus tôt en

présence de Mamadou. Il me demanda si je me souvenais du début de ma maladie. Je n'ai pas pu lui répondre, ne m'étant jamais considérée comme malade, ce qui le fit sourire. Est-ce que je savais que les enfants et la première épouse étaient morts ? Oui, je le savais, mais ne savais pas ce qui avait provoqué leur décès. Avais-je jeté de l'huile chaude sur la troisième épouse ? Là, je me souvenais de tout. Néanmoins je répondis non. Ayant décidé que Ndèye n'avait jamais existé, je ne pouvais donc pas l'avoir agressée.

Il parla de dissimulation, de dépression primaire, secondaire, chronique, de médicaments aux noms scabreux, tout cela transcrit en ma présence sur une feuille d'observations cliniques avec commentaires de deux autres médecins stagiaires et d'une infirmière. Puis on me fit les examens habituels : tension artérielle, auscultation pulmonaire, prise de la température, etc.

Je pense que j'ai certainement été victime de dépressions quelquefois. Depuis hier, cependant, je suis persuadée d'être en pleine possession de toutes mes facultés. Je sais exactement où je me trouve : le puits, la boue où je croyais être, les vers de terre sont définitivement loin. Mamadou n'est pas venu hier soir, comme je l'espérais. Je pense qu'il a préféré rester au chevet de Ndèye qui est certainement plus mal en point que moi. Je ne lui en veux plus. Ma

vengeance accomplie me laisse une impression
d'inutilité. Quel gachis ! Ndèye dans un hôpital,
moi dans un autre ; Awa dans l'autre monde
pour veiller sur ses chers enfants.

Oumy est revenue me voir. Elle est très
curieuse, voudrait savoir ce que j'écris. Je lui
explique que j'essaie de me ressouvenir de ma
vie et qu'elle devrait en faire autant, car cela
aide à faire le point avec soi. Elle pense que c'est
une perte de temps, une histoire de Blancs. Je
vais laisser là mon journal pour aller faire un
tour avec Oumy dans la cour et rencontrer les
autres femmes.

Vendredi 8 septembre 1961

Hier je n'ai rien noté, faute de temps : toute
la journée fut remplie par des activités commu-
nautaires dans le service ; cuisine, ménage,
couture. Plus le va-et-vient incessant des
femmes dans l'après-midi. Aussi il me semble
que je n'avais rien d'important à dire.

La nuit dernière, mon père m'a rendu visite.
Il m'a reproché de l'avoir oublié et m'a parlé de
ma mère. Nous sommes allés tous les deux sur sa

tombe. C'était le jour de la fête des morts, nous avons allumé un grand nombre de bougies. Tout le cimetière se transforma en un véritable champ de lumière. Beaucoup de monde se tenait près des caveaux. Mon attention fut attirée par une tombe abandonnée, couverte d'herbe. J'arrachai quelques touffes pour dégager un emplacement et allumai une bougie. En la regardant se consumer, j'eus l'impression d'être à la fois au-dessus et en dessous. C'était ma tombe, elle n'avait pas de nom.

Ce rêve contenait certainement une signification profonde, qui m'échappait car il ne ressemblait pas à mes cauchemars habituels.

Ce matin, après la douche et la prise des médicaments, je suis allée rendre visite à quelques femmes dans leur chambre. J'ai bavardé longuement avec Oumy, ainsi qu'avec Nabou qui me conta sa mésaventure. Elle avait été rejoindre son mari à Paris. Arrivée en France où elle ne parlait pas le français, elle s'était trouvée complètement coupée de son mode de vie familial habituel au village. Son mari étant absent toute la journée pour son travail, elle restait seule, enfermée, sans pouvoir communiquer avec personne. Au bout de quelques mois, elle tomba malade. Son mari, ne pouvant pas s'occuper d'elle, l'a renvoyée ici et la famille l'a fait hospitaliser. Elle se sent très bien maintenant, mais ne veut plus retourner en France.

Elle voudrait que son époux revienne et qu'ils retournent vivre dans leur village.

L'expérience parisienne de Nabou constitue un étrange parallèle avec ma vie dans ce pays. Nous avons connu toutes deux la solitude de «l'étrangère», qui n'a que des souvenirs à ruminer pendant de longs jours, qu'une voix à écouter, la sienne, jusqu'à l'obsession...

Vingt heures

Tante Khady est venue me voir, il y a un instant, vers dix-huit heures. La nouvelle qu'elle m'a apprise a jeté un grand trouble en moi. Avais-je, malgré tout, gardé une lueur d'espoir de retrouver l'estime de Mamadou ? Je réalise aujourd'hui que je souhaitais le voir souffrir, mais n'avais jamais imaginé en toute conscience sa disparition : ses yeux se sont fermés sur la lumière du monde, il est parti pour l'ultime voyage, sur la route du village. Il s'y rendait en pleine nuit, dimanche dernier, après m'avoir conduite ici. Il a perdu le contrôle de sa vieille «203» qui a percuté un arbre et pris feu.

Je me sens vidée de toute énergie. Je n'ai plus personne à aimer, personne à haïr Je peux mettre le point final à ce journal que Mamadou ne lira pas. J'avais revêtu une robe de deuil et coupé mes cheveux, quand j'avais renoncé à la vie conjugale avec Mamadou. Pour moi, le monde s'était arrêté ce jour-là. Me voici aujourd'hui, au bout de quatre ans de sursis, définitivement seule au monde, le coeur vide d'espoir. Ma vie valait-elle la peine d'être vécue ? Qu'ai-je apporté, qu'ai-je donné ? Mon passage ici-bas n'aura-t-il été qu'un accident ? Comme j'aimerais m'endormir aussi, pour une longue nuit de repos ! Me réveiller dans un autre monde où les fous ne sont pas fous, mais des sages aux regards de justice.

Hélène était arrivée à la fin du journal de Juletane. Cinq heures s'annonçaient par une psalmodie qui s'égrenait d'une mosquée voisine. Elle n'avait pas sommeil. L'alcool ne pouvait plus la griser. Elle ressentait une certaine mélancolie. Elle ne savait pas que la vie de Juletane avait été aussi dramatique, et surtout qu'elle avait tant souffert. Elle se posait à son tour les questions qui la préoccupaient : pourrait-elle avoir un enfant, vu son âge ? Avait-elle raison de se marier ? Ousmane, bien sûr, ne ressemblait en rien à Mamadou et elle était aux antipodes de Juletane, mais...

Pourquoi avoir gardé ce cahier, sans l'ouvrir ? L'assistante sociale du service de psychiatrie le lui avait confié, pour qu'elle eût une idée des souffrances de Juletane et essaie de retrouver sa famille. Elle ne l'avait pas lu. A son retour de vacances, elle avait téléphoné à sa collègue pour l'informer des résultats de sa démarche : la tante de Juletane, qu'elle avait retrouvée, refusait de se charger d'une nièce malade. Hélène avait appris ensuite que Juletane ne réagissait plus depuis la mort de son mari. Elle refusait de se nourrir, et les médicaments semblaient n'avoir aucun effet sur son état. Chaque jour elle se laissait glisser un peu plus dans son rêve qui ne pouvait la conduire qu'à l'ultime délivrance...

Hélène redressa avec tendresse les coins écornés du cahier, le referma et pour la première fois depuis près de vingt ans, elle pleura. Le journal de Juletane avait brisé le bloc de glace qui enrobait son coeur.

ÉPILOGUE

Le sursis de Juletane dura trois mois, après la mort de Mamadou. Un matin l'infirmière de garde l'avait retrouvée sans vie : son cœur usé s'était arrêté. Simplement.

GLOSSAIRE

Bol : Bassine émaillée dans laquelle on mange.

Cuuraay : Mélange d'encens et de divers aromates et parfums.

Diriankées : Courtisanes.

Diwu nor : Sorte de beurre liquide.

Fajar : La première des cinq prières du jour.

Guéwé : La dernière prière du soir, la cinquième.

Kinkelibah : Tisane.

Maouloud : Anniversaire de la naissance du prophète Mohamed.

Matoutou crabes : Riz aux crabes.

Pipirit chantant : Tôt le matin (Pipirit, petit oiseau matinal).

Siggil ndiggaale : Présenter ses condoléances (litt. : Relève-toi).

Siggil sa wall : Remerciement des condoléances.

Talibés : Elèves de l'école coranique.

Tisbaar : Deuxième prière du jour, en début d'après-midi.

Toubab : Homme blanc.

Toubabesse : Femme blanche.

Achevé d'imprimer par Corlet, Imprimeur, S.A.
14110 Condé-sur-Noireau
N° d'Imprimeur : 112931 - Dépôt légal : mai 2008

Imprimé en France